Libro de la Sabiduría

Más de 100 relatos breves de todo el mundo que hablan de la sabiduría

Wilkan

Título: **Libro de la Sabiduría**

Subtítulo: Más de 100 relatos breves de todo el mundo que hablan de la sabiduría

ISBN: 9798851323867

Índice

Prefacio

Este libro contiene 114 relatos breves llenos de sabiduría para aplicar a cada situación de la vida. He agrupado las historias sobre temas iguales o similares en las 17 categorías siguientes:

- Altruismo
- Debilidad
- Presencia
- Karma
- Cuestión de opinión
- Aceptación
- Gratitud
- Rivalidad
- Opiniones
- Buenos tiempos, malos tiempos
- Envidia
- Iluminación
- Amor
- Realidad percibida
- Esperanza
- Hábito
- Evolución humana

Esta estructura les facilitará a ustedes, queridos lectores, encontrar las historias que les convenga según la situación de la vida que estén experimentando y puedan extraer de ellas confianza, comprensión y esperanza. Los relatos tienen el poder de proporcionarles claridad y orientación en diversas situaciones de la vida.

En algunas historias su significado será obvio y claro para ustedes, mientras que con otras tendrán que interpretar el significado de forma individual y subjetiva. Me he abstenido deliberadamente de presentar y explicar explícitamente el significado después de cada historia, pues mi intención es animarlos a hacer su propia interpretación personal.

La mayoría de las historias breves que aquí se cuentan proceden del budismo y el hinduismo, por lo tanto, no les sorprenderá que encuentren cierta atención hacia Asia, específicamente hacia la India y Japón. Sin embargo, este libro también contiene sabios relatos de Europa, África, América del Norte y del Sur, de modo que están representados relatos breves de todo el mundo.

A pesar de que algunas de las historias son de origen budista e hindú, el libro no tiene un enfoque religioso y está dirigido a personas de todo el mundo. Esto también queda claro por el hecho de que algunas de las historias tratan de la vida cotidiana de gente corriente, mientras que otras versan sobre personalidades famosas como Lao Tzu, Platón o Lev Tolstói.

Es cierto que durante mi investigación una y otra vez me topé con las mismas historias, de modo que quizá ya resulten familiares a unos u otros. Sin embargo, estoy seguro de que incluso aquellos de ustedes que sean expertos en la materia descubrirán nuevos relatos en esta colección. Estoy profundamente en deuda con los iniciadores de tales historias.

Quisiera concluir este prefacio con un resumen de la filosofía de vida de la Madre Teresa:

La vida es una oportunidad, aprovéchala.
La vida es una belleza, admírala.
La vida es dicha, pruébala.
La vida es un sueño, hazlo realidad.
La vida es un reto, afróntalo.
La vida es un deber, cúmplelo.
La vida es un juego, juégalo.
La vida es cara, cuídala.
La vida es una riqueza, consérvala.
La vida es amor, disfrútala.
La vida es un misterio, conócelo.
La vida es una promesa, cúmplela.
La vida es sufrimiento, supéralo.
La vida es una canción, cántala.
La vida es una lucha, acéptala.
La vida es una tragedia, sopórtala.
La vida es una aventura, atrévete.
La vida es la vida, ¡sálvala!
La vida es felicidad, hazlo.
La vida es demasiado valiosa, no la destruyas.

I
ALTRUISMO

Toda la felicidad del mundo vino de ahí,
de desear la felicidad para los demás;

Todo el sufrimiento de este mundo proviene de eso,
de querer la felicidad para ti.

¿Qué más hay que decir?
Los niños trabajan por su propio bien,

los sabios y capaces, por el bien de los demás -
¡mira la diferencia entre los dos!

- Shantideva

El viaje del mendigo

Hace mucho tiempo, un mendigo vivía en la calle porque no tenía cobijo, tenía que pedir limosna y mendigar para comer. Un día se dio cuenta de que alguien le robaba la comida, pero no estaba seguro de quién podía ser.

Entonces, la noche siguiente, el mendigo observó a un ratón trabajando en su cuenco, este agarró el pan con los dientes y desapareció.

El mendigo esperó pacientemente a que volviera el ratón y le preguntó:

—Ratón, ¿por qué robas mi comida?, ¿no ves que soy un mendigo muy pobre? ¿Por qué no vas a casa de los ricos y tomas algo de su comida? Seguramente la de ellos es mejor que la mía.

—Mendigo, no puedo explicarlo —respondió el ratón—. Mi trabajo consiste en asegurarme de que nunca poseas más de siete cosas a la vez. Por lo tanto, te robo todo lo que supera ese número. Ese es mi destino.

Las palabras del ratón desconcertaron al mendigo que se preguntaba cómo el trabajo de alguien podía ser robar a otro.

Al día siguiente, cuando el ratón volvió para robar el pan de su cuenco, el mendigo decidió buscar a Buda y preguntarle por qué sólo se le permitía poseer siete cosas, de modo que, se preparó algo de comida y siguió su camino.

El mendigo vagó todo el día hasta que oscureció y, buscando un lugar donde pasar la noche, vio una casa. Él llamó a la puerta y preguntó si podía pasar allí la noche, el dueño le dijo que sí y lo invitó a pasar. La mujer del anfitrión sirvió una suntuosa comida y el mendigo, por primera vez en mucho tiempo, sació completamente su hambre. Llena de curiosidad, la mujer le preguntó al mendigo dónde iba.

Cuando este le respondió que quería preguntarle algo a Buda, la mujer le recitó su propia petición:

—Cuando veas a Buda, ¿puedes hacerle una pregunta de nuestra parte?

Agradecido por su hospitalidad, el mendigo accedió.

—Tenemos una hija preciosa. —Empezó la mujer—. Pero desde que nació no ha dicho ni una palabra. Por favor, pregúntele a Buda por qué mi hija no habla.

El mendigo prometió hacer la pregunta y a la mañana siguiente siguió su camino.

Tras varias horas de caminata, de repente, se encontró frente a una enorme cordillera que le era imposible cruzar a pie. Desesperado y buscando una alternativa se encontró con un hombre muy anciano de larga barba blanca. En su mano, el hombre sostenía un bastón de madera en cuya punta había una bola amarilla parpadeante rodeada de pequeñas ramas.

—¿Eres mago? —preguntó el mendigo, desconcertado.

El anciano respondió afirmativamente y a su vez preguntó al mendigo qué hacía en ese lugar tan alto en las montañas.

Este explicó que quería preguntarle a Buda por qué tenía que vivir una vida de pobreza, pero las montañas le impedían llegar a su templo.

Entonces, el anciano se ofreció a ayudarle.

—Vuela conmigo. —Le ofreció—. Te llevaré para que pases sobre las montañas.

Tomó al mendigo de la mano y ambos se elevaron en el aire y mientras sobrevolaban la cordillera, el mago dijo:

—Hazme un favor, pregúntale a Buda cuándo iré por fin al cielo. Tengo cien años esperando.

El mendigo, que estaba muy agradecido con el mago por su ayuda, prometió preguntarle a Buda en su nombre. Después de que el mago llevó al mendigo al otro lado de la cordillera, este continuó su camino.

Cuando a lo lejos, el mendigo ya podía ver el templo de Buda, un enorme río ahora le impedía el paso. La corriente era tan fuerte que temía ahogarse en ella, así que el mendigo se acomodó en la orilla. Sentir el fracaso estando tan cerca de su objetivo le hizo bajar la cabeza hasta el pecho, abatido. La tristeza se apoderó de él.

Entonces, una enorme tortuga emergió del río y le preguntó por qué estaba tan triste. El mendigo le dijo que se dirigía al templo de Buda para preguntarle por qué tenía que vivir una vida de pobreza.

Entonces, la tortuga le ofreció su apoyo.

—Puedo llevarte a salvo y atravesar este río embravecido —sugirió al mendigo—. Pero, a cambio, ¿podrías preguntarle a Buda cuándo me convertiré por fin en un hermoso dragón? Llevo mil años esperando.

El mendigo agradeció la ayuda de la tortuga y prometió hacer también esta pregunta a Buda.

Estando al otro lado del río, por fin, llegó a su destino. Entró en el templo y vio a Buda sentado en posición de loto.

El mendigo juntó sus manos y se inclinó en señal de reverencia.

—Venerable Buda, he hecho un largo y arduo viaje para encontrarme contigo. ¿Puedo hacerte algunas preguntas?

—Por supuesto que puedes —respondió Buda con una sonrisa—. Puedes hacerme tres preguntas.

—Pero tengo cuatro preguntas.

Buda guardó silencio, mientras el mendigo meditaba qué pregunta omitir. Sintió mucha pena por la pobre chica que nunca había hablado, entonces le preguntó al Buda:

—¿Por qué no habla esta chica tan guapa?

—La chica hablará en cuanto conozca a su alma gemela.

El mendigo pensó en el viejo y sabio mago y decidió también hacer su pregunta.

—El anciano sólo tiene que soltar su bastón, al que se ha aferrado convulsivamente durante cien años —respondió el Buda—. Luego de que lo haga, inmediatamente ascenderá al cielo.

Al mendigo sólo le quedaba una pregunta, y pensando en la tortuga que llevaba mil años esperando convertirse en dragón, sus propios problemas le parecieron muy pequeños e insignificantes. Así que decidió no hacer su pregunta y en su lugar aclarar la duda de la tortuga.

—Mientras la tortuga se esconda en su caparazón, nunca se convertirá en dragón —respondió Buda—. Debe soltar su caparazón.

El mendigo agradeció a Buda sus respuestas y salió del templo. De regreso, se encontró con la tortuga y le dio la respuesta de Buda, entonces, salió de su caparazón e instantáneamente se transformó en un enorme dragón. Este le dio las gracias al mendigo y voló serenamente por los aires, pero en el caparazón que había dejado el dragón, el mendigo encontró miles de hermosas perlas provenientes de las profundidades del mar.

A continuación, el mendigo se encontró con el mago y le dijo que tenía que soltar su bastón para poder ir al cielo. Así que, inmediatamente, el anciano soltó su bastón y ascendió lenta y felizmente al cielo.

Ahora, el mendigo era rico gracias a las perlas que había dejado la tortuga y poderoso gracias al bastón que había soltado el mago. Con su nuevo bastón voló hasta la casa de la hermosa muchacha y allí le dijo a la madre de la chica que su hija empezaría a hablar en cuanto conociera a su alma gemela.

De repente, la chica bajó las escaleras y al ver al mendigo, empezó a hablar.

Un armario para el rey

El rey necesitaba un armario nuevo así que contrató al mejor carpintero del reino para que se lo hiciera. Cuando el rey le preguntó cuánto tiempo le llevaría hacerlo, este le contestó que diez días. El rey se quedó visiblemente asombrado de que el carpintero necesitara tanto tiempo, no obstante, le hizo el encargo, pero también contrató a un espía para que vigilara al carpintero durante esos diez días.

El espía llevaba cinco días observando al carpintero y vio que este no trabajaba y, aparentemente, no hacía nada. No fue hasta el sexto día cuando empezó a construir el armario y, tal como había prometido, lo terminó al cabo de los cuatro días restantes, en cuyo tiempo, construyó el armario más extraordinario que nadie hubiera visto jamás. El rey estaba tan contento y curioso que llamó al carpintero para preguntarle qué había hecho durante los cinco primeros días.

Entonces este le respondió:

—El primer día me dediqué a dejar de pensar en el fracaso, el miedo y el castigo que recibiría si mi trabajo disgustaba al rey. El segundo día lo dediqué a dejar de pensar que carecía de la habilidad necesaria para hacer un armario digno del rey. El tercer día me dispuse a dejar de lado cualquier esperanza o deseo de gloria o recompensa en caso de que hiciera un armario que complaciera al rey. —Llegado a este punto, el carpintero hizo una pausa antes de continuar y finalmente dijo:

—Y el cuarto día me dediqué a dejar de lado el orgullo y el honor que podían crecer en mí en caso de tener éxito en mi trabajo y recibir los elogios del rey. El quinto día me aseguré de contemplar en mi mente una clara visión del gabinete, sabiendo que, incluso a un rey, le agradaría tal y como está ahora ante ti.

La gacela dorada

En una de sus muchas vidas, Buda Gautama fue una gacela. Cuando salió del vientre materno, brillaba como el oro, sus ojos centelleaban como diamantes y sus cuernos eran del color de la plata. Esta gacela dorada se llamaba *Tejas* y era el rey de una manada de 200 gacelas cuyo hogar era el bosque. Cerca de ellas vivía otra manada también de 200 gacelas cuyo rey, *Sakha,* tenía un pelaje tan dorado como Tejas.

Al rey humano, Raj, le encantaba cazar. Todos los días salía de caza para matar animales y se comía su carne. Sus compañeros subordinados estaban agotados por las intensas excursiones diarias para salir a cazar, por lo que, atrajeron a las dos manadas de gacelas hacia el parque real y las encerraron allí. De modo que, 400 gacelas con sus dos reyes, Tejas y Sakha, estaban ahora en cautiverio.

Cuando el rey Raj entró en el parque, inmediatamente se percató de la existencia de las dos gacelas de color dorado, e inmediatamente ordenó que esas dos especiales criaturas no fueran cazadas bajo ninguna circunstancia. Pero, en su lugar, Raj y su cocinero cada día mataban a una de las otras gacelas. Todos los días una de las dos manadas vivía un gran sufrimiento cuando los cazadores venían a llevarse a una de las gacelas. Cuando empezaba la faena, entraban en pánico e intentaban escapar, muchas resultaban heridas por los arcos y las flechas durante la caza hasta que, finalmente, mataban a una gacela y se la llevaban.

Entonces Sakha fue a reunirse con Tejas y le hizo una propuesta.

—Vivimos tiempos terribles —comenzó—. Nuestro pueblo sufre mucho. ¿Cómo sería si cada mañana se sacrificara un animal voluntariamente? Que la suerte decida qué gacela será. Además, se hará alternativamente, una vez será una gacela de tu rebaño y luego otra de los míos. La desafortunada gacela irá a un lugar convenido y se sacrificará por la manada.

—Así lo haremos —respondió Tejas—. Aunque mueran muchos, de esa forma evitaremos dolores innecesarios.

El rey humano, Raj, también estuvo satisfecho con la propuesta y procedieron según lo acordado, hasta que, un día, el infortunio le tocó a una gacela preñada del rebaño de Sakha. Ella fue a ver a su rey y le pidió hablar.

—Mi rey, estoy embarazada —dijo—. Si tengo que sacrificarme, entonces seremos dos los que moriremos a la vez. Por favor, deja que me salve esta vez.

Sakha rechazó la petición.

—No puedo ayudarte. La suerte está echada. Ya sabéis lo que tenéis que hacer.

En su desesperación por la situación, la gacela preñada se volvió hacia Tejas y lamentó también ante él su sufrimiento.

Entonces este no lo pensó mucho y dijo:

—Serás libre. Hoy me sacrificaré yo ante el rey de los hombres.

Dicho esto, se dirigió al lugar acordado donde ya lo esperaba el cocinero, pero cuando este vio a la gacela dorada, no podía creer lo que veían sus ojos. *¿Cómo es que el propio Tejas aparece en el lugar de sacrificio? El rey ordenó que no se matara a la gacela dorada bajo ninguna circunstancia*. El cocinero corrió a contárselo al rey.

Raj se quedó perplejo y quiso ver la escena por sí mismo, así que fue al parque real. Una vez allí, vio a Tejas y le dijo:

—Tejas, ¿por qué estás en el lugar de sacrificio? —preguntó asombrado el rey humano—. Estás bajo mi protección personal y no dejaré que te maten.

—Hoy le tocó sacrificarse a una gacela preñada y ella me suplicó que la perdonara por el bien de su cachorro. Como no quiero decidir la muerte de otras gacelas, he venido yo. Estoy dispuesto a sacrificar mi vida y permitir que viva la gacela preñada y su cría por nacer.

El rey Raj pensó en silencio durante un rato antes de responder.

—Nunca he conocido a nadie como tú, Tejas. Tu caridad me ha vencido. Os doy la libertad a ti y a la gacela preñada.

—Si tú y yo somos libres, ¿qué pasará con nuestros hermanos y hermanas aquí en el parque? Ellos también quieren vivir en libertad.

—Ellos también vivirán en libertad. Los libero a todos y permitiré que regresen de vuelta al bosque.

—¿Y qué pasará con las otras gacelas del reino que viven en el bosque?

—Ellos también vivirán una vida libre, sin preocupaciones.

—Pero ¿y los demás animales, los pájaros y los peces? ¿Cómo les irá a ellos?

—Exactamente como a ustedes. No tienen que temer más de mí.

De este modo, Tejas consiguió la libertad para todos los animales del reino, se acabó con la práctica de cazar en la corte real y se salvaron vidas.

Globos

En una ocasión, una profesora llevó globos al colegio y les pidió a sus alumnos que los inflaran y los etiquetaran colocando sus nombres. Una vez hecho esto, entraron juntos en el gimnasio y los alumnos pusieron todos sus globos en un montón.

La profesora los mezcló y les dijo a los alumnos:

—Ahora os pido que encontréis vuestro globo. Tenéis cinco minutos para hacerlo.

Los alumnos se pusieron manos a la obra inmediatamente, pero sólo unos pocos encontraron su globo, la mayoría buscó en vano hasta que se agotó el tiempo.

A continuación, la profesora les pidió a sus alumnos que cada uno tomara un globo y se lo diera al alumno cuyo nombre figuraba en él. No pasó ni un minuto antes de que cada niño tuviera su propio globo en las manos, entonces la profesora dijo:

—Estos globos representan la felicidad. Si sólo buscamos nuestra propia felicidad, nunca la encontraremos. Pero si nos preocupamos por la felicidad de los demás, encontraremos la nuestra.

En el pueblo de los tenedores largos

Hace mucho tiempo, vivía un hombre que viajaba por todo el mundo. En sus innumerables viajes, ya había experimentado muchas cosas. Sucedió que, un día, se encontró con una casa solitaria, no había otros edificios a la vista y en la puerta principal de esta casa estaba escrito: «Bienvenido al pueblo de los tenedores largos».

Esto despertó la curiosidad del viajero que decidió entrar en la casa. Una vez dentro, vio que un pasillo dividía la casa en dos. En un tablero con flechas de dirección estaba escrito en un extremo: «Por aquí se va al pueblo negro de los tenedores largos» y en el otro lado decía: «Por aquí se va al pueblo blanco de los tenedores largos».

El viajero decidió visitar primero la aldea negra de los tenedores largos, así que recorrió el largo pasillo hasta llegar a una puerta cerrada y detrás de esta oyó lamentos y gemidos humanos. Temeroso, pero curioso, abrió lentamente la puerta. Dentro de la habitación, varias personas estaban sentadas en una larga mesa en la que había la comida más sabrosa. Olía delicioso y la mesa casi se arqueaba bajo el peso de los numerosos platos. Pero, al mirar más de cerca, el viajero se sobresaltó. La gente estaba atada a las sillas, sus cuerpos, brazos y piernas estaban sujetos con sogas y tenían tenedores de mango largo atados a sus manos. Estos eran tan largos que no podían llevarse ni un bocado a la boca. El viajero vio cómo la gente sufría, pues, a pesar de tener tanta comida ante sus ojos, todos estaban al borde de la inanición.

Aterrorizado, el viajero cerró rápidamente la puerta y caminó a paso ligero hacia el pueblo blanco de los tenedores largos. Cuando llegó, oyó risas alegres y charlas detrás de la puerta, el ambiente parecía bullicioso y positivo. Cuando abrió la puerta, se encontró con una imagen similar a la anterior, la gente estaba sentada frente a una larga mesa profusamente servida con todo tipo de comida. Olía igual de delicioso que en la sala anterior, la mesa también casi estaba doblaba bajo el peso de toda la comida y, al igual que en la aldea negra de los tenedores largos, allí la gente también estaba atada a sus sillas y tenía tenedores de mango largo en las muñecas con los que no podían llevar alimentos a sus propias bocas.

Pero ¿por qué la gente estaba tan alegre y exuberante?, se preguntó el viajero, entonces se dio cuenta de la razón: la gente se ayudaba mutuamente y se alimentaban los unos a los otros.

Una partida de ajedrez

Una mujer acudió a un monasterio cercano y se reunió con su director.

—Estoy insatisfecha conmigo misma y con mi vida. —Le dijo—. He leído mucho sobre el camino espiritual, por eso, he decidido alcanzar la iluminación para liberarme del sufrimiento, pero no puedo concentrarme durante mucho tiempo. Además, quiero progresar rápidamente. ¿Existe un camino corto para gente como yo?

—Lo hay, pero sólo si estás realmente decidida. —El maestro del monasterio hizo una breve pausa antes de continuar y dijo—: Primero dime en qué has centrado más tu vida hasta ahora.

Tras reflexionar un poco, la mujer respondió:

—Mi gran pasión solía ser jugar ajedrez. Pasaba muchas horas al día jugando.

Entonces el guardián del monasterio le pidió a la mujer que esperara un momento. Este se marchó y regresó unos instantes después acompañado de un monje que traía un tablero de ajedrez y empezó a colocar las piezas. Además, el guardián también había traído una espada.

—¡Ahora jugaréis una partida de ajedrez entre vosotros! —ordenó a la mujer y al monje—. El perdedor pagará con su vida, pero prometo que este acabará en el cielo.

La mujer y el monje vieron inmediatamente que el guardián del monasterio iba en serio con su amenaza.

Comenzó la partida de ajedrez y, durante los primeros movimientos, la mujer sintió que el sudor le corría por la frente mientras pensaba que se estaba jugando la vida. El tablero se convirtió en todo su mundo: estaba completamente concentrada en él y ya no se daba cuenta de nada a su alrededor.

Al principio, el monje estaba en mejor posición y rápidamente ganó ventaja, pero entonces hizo un mal movimiento y la mujer capturó su torre, por lo que la posición del monje se tambaleó. La mujer miró a su oponente y vio el rostro de un hombre virtuoso e inteligente marcado por años de una vida austera y de esfuerzo. Al comparar su vida con la de él, la invadió una oleada de compasión y, deliberadamente, empezó a cometer un error tras otro para que el monje pudiera ganar la partida. De repente, el guardián del monasterio intervino, apartó las piezas y volcó el tablero antes de que terminara la partida. La mujer y el monje se sobresaltaron y se asombraron de la acción del guardián del monasterio.

—En este juego no hay vencedores ni vencidos —explicó—. Y tampoco tendrá que morir nadie. —Y volviéndose hacia la mujer, continuó—: Sólo se requieren dos cosas para lograr lo que buscas: concentración total y altruismo. Hoy has aprendido ambas cosas. Estabas completamente concentrada en el juego, sin embargo, también fuiste capaz de sentir compasión, tanto que has estado dispuesta a sacrificar tu vida por la de otro. Puedes quedarte en el monasterio y comenzar aquí tus primeros pasos hacia la iluminación.

Un paquete de palitos de sal

Una mujer acababa de perder el tren y el siguiente no llegaría hasta después de una hora. Fue a un quiosco y compró el periódico del día y un paquete de palitos de sal. En la abarrotada sala de espera, se sentó junto a un hombre y empezó a leer el periódico mientras se comía los palitos de sal.

Entonces se dio cuenta de que el hombre que estaba a su lado leyendo un libro, también se estaba comiendo sus palitos de sal. La mujer se indignó, pero no quiso montar una escena, así que fingió que no había pasado nada, siguió leyendo el periódico y comió un palito de sal tras otro, pero el hombre hizo lo mismo: él también empezó a comer un palito de sal tras otro. Esto enfureció a la mujer que estaba indignada, sin embargo, no quería empezar una pelea en la abarrotada sala de espera y toleró el comportamiento impertinente del hombre.

Cuando sólo quedaba un palito de sal en el paquete, el hombre lo tomó, lo partió en dos mitades iguales y le dio una mitad a la mujer sin mirarla. La mujer tomó la mitad, pero enfurecida por la impertinencia del hombre. Ella se recompuso, dobló el periódico y se levantó para abandonar la sala de espera.

Y cuando fue a guardar el periódico en su bolsillo, vio que dentro de este tenía un paquete de palitos de sal sin abrir. Entonces, inmediatamente, se dio cuenta de que, durante todo ese tiempo, había sido ella la que se había estado comiendo los palitos de sal del hombre.

II
DEBILIDAD

Con algo de habilidad, puedes construir una escalera con las piedras que se interponen en tu camino.

- Sabiduría china

Un solo agarre de judo

Un niño que nació sin su brazo derecho, a los diez años se interesó por el deporte y descubrió el judo. El chico recibió clases de un exitoso maestro, disfrutaba mucho entrenando y hacía grandes progresos. Sin embargo, lo que no entendía era por qué el maestro le había enseñado sólo un agarre aun después de haber estado meses practicando.

—Maestro, ¿no debería aprender más agarres? —preguntó el chico.

—Ese es el único agarre que necesitas saber.

El chico no entendió la respuesta, pero confiaba plenamente en su maestro y entrenó cada vez más ese agarre.

Pasaron los meses y el chico por primera vez participó en un torneo. Para su asombro y el de los espectadores, ganó los dos primeros combates sin muchos problemas. A medida que pasaban las rondas, la habilidad de sus oponentes aumentaba, pero él llegó a la final. Ganó todos sus combates sólo con un agarre, después de todo, no conocía otros.

En la final debía enfrentarse a un chico más alto, mayor y más fuerte que él. El otro chico no sólo tenía los dos brazos, también tenía más experiencia en torneos. El árbitro expresó su preocupación por la desigualdad del combate y quiso suspenderlo, temía que el niño al que le faltaba un brazo resultara gravemente herido. El chico también dudaba de sus posibilidades de derrotar a su oponente, pero el maestro insistió en que se hiciera el combate.

El combate comenzó y, al principio, parecía que el chico desfavorecido no tenía ninguna posibilidad. Pero en un momento de descuido por parte de su oponente, el chico consiguió aplicar su único agarre, y con él, para asombro de todos, ganó el combate y, por lo tanto, el torneo.

De camino a casa, alumno y maestro repasaron todos los combates y los analizaron.

—Dígame, maestro, ¿cómo fue posible que pudiera ganar el torneo con un solo agarre? —preguntó el discípulo.

—Hay dos razones para ello —respondió el maestro—. En primer lugar, la llave que has dominado es una de las más difíciles y mejores del judo. Y segundo lugar, sólo puedes defenderte de ella agarrando el brazo derecho de tu oponente.

La carrera de las ranas

Un día, muchas ranas decidieron hacer una carrera y, para hacerla más difícil, pusieron la línea de meta en el punto más alto de una gran torre. El día de la carrera, las ranas espectadoras ocuparon sus puestos y las participantes se dirigieron a la línea de salida. El consenso entre los espectadores era que ninguna de las ranas llegaría a la meta y con ese pensamiento en las mentes de todos, la carrera comenzó.

En lugar de animar a las ranas participantes, los espectadores sólo gritaban. «¡Nunca lo conseguirán!», «¡eso es imposible!» o «¡No lo conseguirán de ninguna forma!», esos eran los comentarios que se podían oír.

Al principio parecía que la opinión de los espectadores era cierta, y poco a poco, cada vez más ranas que participaban en la carrera se rindieron.

Los gritos desmotivadores continuaron sin cesar.

«¡Oh cielos, que cosa más estúpida! Nunca llegarán a la meta», decían algunos.

Mientras tanto, todas las ranas, excepto una, se rindieron. Esta última rana siguió subiendo la empinada torre sin inmutarse. Era una tarea agotadora y luchaba por llegar a la meta, mientras los espectadores la observaban y le gritaban que era imposible y que era mejor que se rindiera antes de caer por la torre.

Pero la rana siguió luchando, metro a metro, hasta que... ¡por fin!, llegó a la meta y ganó la carrera de las ranas.

Tras su victoria, ella bajó las escaleras y se encontró con otra de las ranas participantes que le preguntó cómo lo había hecho, pero ella no contestó.

Fue entonces cuando el otro se enteró de que ¡la rana ganadora era sorda!

III
PRESENCIA

Usted no puede pensar en la presencia
y la mente no puede comprenderla.
Comprender la presencia es estar presente.

- Eckhart Tolle

Las tres preguntas del emperador

Lev Tolstói escribió una vez una historia sobre un emperador que pensaba que, si sabía la respuesta a tres preguntas, nunca más podría equivocarse.

Estas tres preguntas eran:

1. ¿Cuál es el mejor momento para cada cosa?
2. ¿Con qué personas es más importante trabajar?
3. ¿Qué es lo más importante que se debe hacer siempre?

Le hizo estas preguntas a los sabios y eruditos de su reino y prometió que quien le diera una respuesta satisfactoria sería recompensado con riquezas. Pero los sabios y eruditos le dijeron al rey que las preguntas no podían ser respondidas con exactitud, o le daban respuestas que no satisfacían al rey, por lo tanto, nadie recibió la recompensa.

En vista de que no logró su cometido, el emperador decidió buscar a un ermitaño para hacerle las tres preguntas, ya que todos decían que él había alcanzado la iluminación.

El ermitaño en cuestión vivía en la cueva de una montaña y era conocido por ayudar a los pobres. Casi nunca se rodeaba de gente rica y poderosa, por lo que el emperador se disfrazó de un simple campesino. Le ordenó a sus seguidores que lo esperaran al pie de la montaña mientras él se reunía con el ermitaño.

El ermitaño estaba cuidando un jardín cuando el emperador se encontró con él. Él vio al emperador disfrazado, lo saludó con la cabeza y siguió trabajando.

—He acudido a ti porque quiero conocer las respuestas a tres preguntas —dijo el emperador—. ¿Cuál es el mejor momento para cada cosa? ¿Con qué personas es más importante trabajar? ¿Y qué es lo más importante que hay que hacer siempre?

El ermitaño oyó las palabras del emperador, pero no respondió, sino que siguió cavando.

El emperador se percató del cansancio del anciano ermitaño y le dijo:

—Debes de estar cansado. Deja que te ayude.

El ermitaño le dio las gracias, le entregó la pala y se sentó a descansar. Después de dos horas de hacer trabajo de jardinería, el emperador volvió a hacerle las tres preguntas al ermitaño, entonces este se levantó y dijo:

—Ya he descansado y puedo continuar. Ahora puedes descansar tú.

Pero el emperador se negó y siguió cavando.

Cuando el sol ya se había puesto el emperador se volvió de nuevo hacia el ermitaño.

—He acudido a ti en busca de respuestas a mis tres preguntas. Si no tienes ninguna respuesta para mí, dímelo y volveré a casa.

De nuevo el ermitaño no respondió la pregunta del emperador, sino que preguntó:

—¿Oyes a alguien correr por allí?

Un hombre salió del bosque y corría hacia ellos, llevaba ambas manos apretadas contra el estómago y sangraba profusamente. El hombre cayó inconsciente al suelo, ante la impactada mirada del emperador quien reconoció una profunda herida en el estómago, inmediatamente él la limpió y la vendó con su propia camisa, pero como esta enseguida se empapó de sangre, la escurrió y volvió a vendar la herida. Repitió la operación hasta que la hemorragia cesó. Cuando el hombre recobró el conocimiento, pidió agua para beber, entonces el emperador corrió al arroyo y le dio de beber.

Tras esta agotadora jornada, debieron pasar juntos la noche en casa del ermitaño.

A la mañana siguiente, el hombre miró al emperador y le dijo:

—Perdóneme.

—¿Qué has hecho para que te perdone? —preguntó el emperador, irritado.

—Usted no me conoce, majestad, pero yo sí lo conozco a usted. —Empezó a explicar el hombre—. En la última guerra, usted mató a mi hermano y se quedó con mis propiedades. Cuando me di cuenta de que vendría solo a la montaña a ver al ermitaño, decidí matarlo aquí. Sin embargo, sus sirvientes me reconocieron, ellos me infligieron la herida en el estómago. Escapé en el último segundo y vine aquí, y afortunadamente usted me salvó la vida. Tenía la intención de matarlo, pero usted me ha salvado la vida. Estoy profundamente avergonzado y quiero agradecérselo de todo corazón.

El emperador se alegró de lo fácil que le había resultado reconciliarse con su antiguo enemigo, de modo que, no sólo perdonó al hombre, sino que prometió devolverle sus propiedades.

Mientras tanto, los sirvientes del emperador habían llegado y se encontraban frente a la cueva del ermitaño. El emperador les ordenó que llevaran al herido a su casa, donde su médico personal le prestaría atención médica. Antes de emprender el camino de regreso, el emperador se dirigió una vez más al ermitaño y le pidió que le respondiera sus tres preguntas.

Entonces el ermitaño miró amablemente al emperador.

—Tus preguntas ya han sido respondidas —dijo.

—¿Es así? —preguntó asombrado el emperador y el ermitaño asintió.

—Si ayer no hubieras sentido piedad de mi vejez y no me hubieras ayudado con la jardinería, ese hombre te habría atacado a la vuelta y te habrías arrepentido profundamente de no haberte quedado conmigo. Así que el mejor momento fue cuando me ayudaste con la jardinería. La persona más importante era yo y lo más importante era ayudarme.

El emperador se tambaleó cuando las palabras del ermitaño se hicieron claras para él.

—Más tarde, cuando el herido vino corriendo hasta aquí, lo más importante fue que dedicaras tiempo a vendarle la herida, si no lo hubieras hecho habría muerto y no habrías conseguido reconciliarte con él. Así que, como antes, la persona más importante era el herido y lo más importante era atender sus heridas.

El ermitaño miró con urgencia al emperador y le dijo:

—Recuerda: ¡sólo hay un momento importante y es ahora! El momento presente es el único que tenemos a nuestra disposición. La persona más importante es siempre aquella con la que estamos en este momento. Y lo más importante es hacer feliz a la persona que está a nuestro lado.

¿Dónde está tu sombrero?

El devoto de un maestro había vivido recluido durante seis meses, meditando la mayor parte del tiempo y había llegado el momento de volver con su maestro, pues estaba deseando volver a verlo. En los últimos meses, había recopilado algunas preguntas que sentía la necesidad de hacerle a su maestro.

Antes de entrar en la cabaña, el devoto se quitó el sombrero y se inclinó ante su maestro, esperando tener una conversación que respondiera sus preguntas sin respuesta. Quería saber si el universo era finito o infinito, qué había más allá de la dualidad, cómo nacen y desaparecen los universos, cuál fue la primera causa de todo y muchas cosas más.

Tras el saludo, el maestro preguntó:

—¿Dónde está tu sombrero?

—Lo dejé frente a la cabaña.

—¿Cómo te lo has quitado?

—Lo colgué en uno de los clavos.

—¿En cuál de los clavos exactamente? ¿En el izquierdo, en el del medio o en el de la derecha?

El devoto estaba visiblemente irritado de que el maestro le hiciera preguntas tan poco importantes.

—Eso no lo sé —respondió—. Estaba pensando en las preguntas que quiero hacerte.

—Vete de nuevo —dijo el maestro—, medita otros seis meses y luego vuelve a mí.

La Parca

Un hombre había conseguido hacerse amigo de la Parca. Le pidió que le avisara a tiempo cuando llegara su hora y la Parca accedió a su petición.

Pasaron los años y la Parca se acercó a su amigo y le dijo:

—Mañana es el día en que te llevaré.

—¿Hablas en serio? —preguntó el hombre, molesto—. Me prometiste que me avisarías a tiempo, ¿no?

—Pero te he dado muchas señales —dijo la Parca—. Sólo que nunca las entendiste. Cuando murió tu madre, no supiste interpretar mi señal; cuando murió tu padre, no reconociste la señal; cuando me llevé uno a uno a tu hermano, a tu vecino y a tu tía, cerraste los ojos. De modo que recuerda: ¡mañana vendré a por ti!

Cuando la Parca recogió al hombre al día siguiente y lo condujo al más allá, se cruzaron con muchas personas que ya habían muerto y que gritaron con fuerza:

—Parca, ¿por qué no nos avisaste a tiempo? Podríamos haber hecho tanto antes de morir.

Entonces la Parca se volvió hacia su amigo y le dijo:

—¿Te das cuenta de la poca importancia que le da la gente a mis señales?

La casa vacía

En un pueblo de Siberia vivía una anciana a la que los aldeanos llamaban Babushka. En una tormentosa noche de invierno, ya ella se había puesto cómoda bajo las sábanas y estaba a punto de dormirse cuando, de repente, llamaron a la puerta. Se preguntó quién podría estar fuera con semejante tormenta. Como no quería salir de la cama, se quedó allí, pero los golpes no cesaron y Babushka se dirigió a la puerta.

Cuando la abrió, vio a dos hombres excitados.

—Ven rápido, Babushka —dijo uno de los hombres—. Acaba de nacer un niño, al final de la calle. Se necesita de tu experiencia para que puedas bendecir al niño y a los nuevos padres.

—Iré mañana —respondió Babushka que añoraba su acogedora cama y no tenía ningún deseo de ir a ver al niño con aquel tiempo tormentoso.

Poco después de que los dos visitantes se marcharan, volvieron a llamar a la puerta y cuando Babushka abrió, esta vez una mujer estaba de pie frente a ella pidiendo una cesta. Le pidió que le diera unas mantas para el recién nacido, pero nuevamente Babushka aplazó la visita hasta el día siguiente.

Al otro día, la tormenta había amainado y Babushka estaba muy descansada. Preparó su cesta con comida, ropa y algunas mantas para el niño y los padres y bajó por la calle cubierta de nieve, sin embargo, cuando llegó frente a la casa, vio que esta estaba vacía, ya no había nadie.

El pescador y el mercader

Un día, temprano en la mañana, un pescador salió al mar en su barca para echar las redes. Más tarde, tras haber pescado más de lo habitual en un día, regresó al puerto y esperó con impaciencia el final de su jornada laboral. Al mismo tiempo, un comerciante que paseaba por las caminerías del puerto, vio al pescador amarrando su barca mientras se sentaba a almorzar.

—¿Por qué no quieres salir de nuevo al mar a pescar más peces? El día aún es joven —preguntó el comerciante tras observar al pescador durante un rato.

—¡Oh!, ya sabe —respondió el pescador—, tengo mucho que hacer hoy. Quiero pasar tiempo con mis hijos y mi mujer. Por la noche, mi mujer y yo queremos ir al teatro con unos amigos. Luego quiero pasar el resto de día tranquilamente en mi mecedora del jardín con una taza de té, sin hacer nada.

—Sí, pero si trabajaras unas horas más cada día, pescarías más —argumentó el comerciante—. Así ganarías más y podrías guardar el dinero que te sobra. Después de algún tiempo, tus ahorros extra deberían ser suficientes para comprar un barco de pesca más grande con el que podrías pescar aún más. —El comerciante hizo un gesto con la mano y señaló la barca del hombre—. Podrías vender la mayor cantidad de pescado a través de un mayorista y ya no tendrías que hacerlo tú mismo en el puesto del mercado. Así podrías jubilarte antes.

—¿Y qué haría si me prejubilara?

El comerciante pensó un momento antes de contestar y finalmente dijo:

—Bueno —respondió titubeando—, podrías pasar tiempo con tu familia y amigos. Podrías ir al teatro o pasar las tardes en el jardín con una taza de té caliente y, por supuesto, aún tendrías tiempo de sacar tu barca al mar por la mañana para pescar.

Entonces el pescador sonrió antes de responderle con calma.

—Pero eso es exactamente lo que ya estoy haciendo.

En el aquí y ahora

Cerca de un pueblo vivía un viejo sabio que era conocido por su felicidad y serenidad. Unos jóvenes se acercaron a él para preguntarle cuál era el secreto de su felicidad.

—Sabio, ¿cómo es que siempre estás tan feliz y sereno? Por favor, enséñanos a ser tan felices y serenos. ¿Cuál es tu secreto?

Las preguntas y los deseos de los jóvenes eran múltiples.

—Cuando me acuesto, me acuesto. Cuando me siento, me siento. Cuando camino, camino, y cuando como, sólo como —respondió el sabio.

Los jóvenes se miraron, interrogantes.

—Eso es lo que hacemos, nos tumbamos, nos sentamos, caminamos y comemos. ¿Por qué no somos felices? Al fin y al cabo, hacemos exactamente lo mismo —dijo uno de ellos.

—Cuando me acuesto, me acuesto. Cuando me siento, me siento. Cuando camino, camino, y cuando como, sólo como —repitió el sabio su respuesta.

Los jóvenes seguían sin entender la afirmación y se miraron perplejos. Entonces el sabio dijo:

—Sí, tú también haces todas estas cosas —confirmó el sabio—. Te acuestas, te sientas, caminas, comes. Pero mientras estás tumbado, estás pensando en sentarte. Cuando estás sentado, ya estás pensando en caminar, mientras caminas, ya estás pensando en llegar y cuando comes, ya estás pensando en beber. Por lo tanto, tus pensamientos están constantemente en otro lugar y no donde tú estás. La vida sólo ocurre aquí y ahora. Permítete estar en este momento presente y también tendrás la oportunidad de ser verdaderamente feliz y sereno.

IV
KARMA

Presta atención a tus pensamientos,
porque se convierten en palabras.

Cuida tus palabras,
porque se convierten en acciones.

Presta atención a tus acciones,
porque se convierten en hábitos.

Presta atención a tus hábitos,
porque se convierten en tu carácter.

Presta atención a tu carácter,
porque se convierte en tu destino.

- Del Talmud

El estanque de lotos

El Tathagata una vez habló de un hermoso estanque de lotos en el que no vivía ni un solo pez. Pero no lejos de este estanque había otro de aguas turbias en la que vivían muchos peces, cangrejos y un cangrejo de río.

Un día, una garza sobrevoló el estanque y se fijó en la agobiante situación de los peces y los cangrejos, entonces ideó un plan, se posó en el borde del agua y puso cara triste.

—¿Por qué pones esa cara tan triste? ¿Qué te preocupa? —preguntaron los animales del agua.

—Estoy muy triste por ti —respondió la garza—. Tu estanque está lleno de barro y apesta. Te falta buena comida. Lo siento mucho por ti y tu dura vida.

—¿Conoces alguna forma de ayudarnos? —preguntó un pez.

—Sí, la conozco. Hay un estanque de lotos cerca, podría llevarlos allí de uno en uno y asentarlos en el agua fría y fresca. También hay mucho espacio y comida para todos.

Los peces y los cangrejos se mostraron escépticos.

—Nos gustaría creerte, pero nunca hemos oído que las garzas se preocupen por el destino de los peces o los cangrejos. Sólo intentan engañarnos para poder comernos.

—¿Por qué desconfías tanto? no me interesa engañarte. El estanque de lotos existe de verdad. Puedo demostrárselos, permite que uno de ustedes vuele hasta allí para que lo vea por sí mismo y después lo traeré de vuelta y él podrá decirles si he dicho la verdad o no.

Los peces y los cangrejos consultaron durante un rato y acordaron que uno de los peces más viejos volaría con la garza. Este pez era un hábil nadador que también podía desplazarse por la arena. La garza lo tomó en su pico y voló con él hasta el estanque de lotos y, una vez allí, posó al viejo pez en el agua y lo dejó explorar todos los rincones del estanque. Entonces comprobó que, efectivamente, era como la garza había prometido: el estanque era grande, fresco, luminoso y le proporcionaría abundante alimento a los peces y cangrejos. Cuando la garza lo llevó de vuelta al viejo estanque, el pez les contó todo lo que había visto.

Los peces y los cangrejos se convencieron de las buenas intenciones de la garza y le pidieron que los llevara volando al estanque de lotos, habían caído en la trampa. La garza tomó un pez en el pico y se fue volando, pero esta vez su destino no fue el estanque, sino un árbol de Plumeria. Colocó el pez en una rama del árbol y se lo comió, dejando caer las espinas al suelo cuando terminó, luego volvió volando por el siguiente pez y también se lo comió. Durante varios días estuvo tomando más peces para comérselos y cuando por fin se comió todos los peces, empezó a comerse los cangrejos de la misma manera. La pila de huesos y caparazones apilados en el tronco del árbol era ya enorme.

Cuando la garza se hubo comido también todos los cangrejos y sólo quedó el cangrejo de río, dijo:

—Ahora todos los peces y todos los cangrejos están en el estanque de lotos, donde viven felices —declaró la garza dirigiéndose al cangrejo de río—. ¿No quieres que te lleve allí también?

—¿Cómo me llevarás? —preguntó el cangrejo de río.

—Como he llevado a los peces y a los cangrejos: en mi pico.

—¿Y si me resbalara de tu pico y cayera al suelo?, seguramente moriría.

—No te preocupes. —Intentó tranquilizarlo la garza—. Volaré con mucho cuidado.

El cangrejo de río pensó un rato y luego ideó un plan.

—No estoy seguro de que tu pico sea lo bastante fuerte como para sujetarme con fuerza. Te acompañaré si puedo agarrarte del cuello con mis pinzas. Así podré sujetarme mientras vuelo.

La garza aceptó la condición y emprendieron el vuelo, pero en lugar de depositar el cangrejo en el agua fresca, la garza se posó en la rama del Plumeria como había hecho muchas veces antes.

—¿Por qué me dejas aquí y no en el estanque de los lotos? —preguntó asombrado el cangrejo.

—¿Qué garza es tan estúpida como para llevar peces a un estanque de lotos? —respondió la garza con sarcasmo—. No soy tu ayudante. Aquí me he comido a todos los peces y cangrejos y aquí te comeré a ti también.

—Los peces y los cangrejos fueron fáciles de engañar, pero yo no. O me llevas al estanque del lotos ahora mismo, ¡o te corto la cabeza con mis pinzas!

El cangrejo de río empezó a subrayar su amenaza y clavó sus afiladas pinzas más profundamente en el cuello de la garza.

Atormentada por el intenso dolor, la garza gritó.

—¡Eso duele! ¡No aprietes tanto! Has ganado, te llevaré al estanque de lotos inmediatamente.

La garza voló hasta el estanque de lotos para soltar allí al cangrejo de río, pero este no se soltó del cuello de la garza. Mientras volaba, el cangrejo sólo podía pensar en el terrible destino de los peces y los cangrejos. Clavó sus pinzas cada vez más profundamente en el cuello de la garza hasta que lo cortó por completo. La garza cayó muerta al suelo y el cangrejo de río se arrastró hasta el agua del estanque.

La araña inteligente

Un incendio arrasaba una sabana africana y todos los animales estaban asustados y corrían despavoridos. Una hembra de antílope, casi atrapada por el fuego, estaba ya desesperada por encontrar una vía de escape. Entonces, de repente, oyó una voz suave.

—Déjame subir a tu oído para que podamos escapar juntos de aquí.

Era la voz de la araña llamada Shari que, sin esperar respuesta, saltó inmediatamente de una rama a la oreja del antílope. Shari conocía la ruta de escape y guio al antílope fuera de aquel lugar que ponía en peligro sus vidas. El antílope saltó por encima de arbustos y matorrales, cruzó la maleza y saltó arroyos. Cuando el fuego estuvo lejos, la araña salió de su oreja y bajó al suelo.

—Gracias por salvarme. —Le dijo al antílope—. Espero que nos volvamos a ver alguna vez porque, como dicen, siempre te encuentras dos veces en la vida.

Pasaron los meses y el antílope hembra parió una cría. La criatura pasó los primeros días de su vida en los densos arbustos para protegerse mientras la madre pastaba en el prado. Al cabo de unas semanas, madre y cría pastaban juntas cuando dos cazadores avistaron a los dos antílopes. La cría se escondió rápidamente entre los arbustos mientras la madre saltaba para atraer la atención de los cazadores y lo consiguió: los cazadores la persiguieron y la cría se quedó atrás.

A pie, los cazadores no pudieron mantener la persecución durante mucho tiempo, así que decidieron dar media vuelta y matar al menos al ternero, pero su búsqueda fue en vano y abandonaron la zona sin ninguna presa.

Cuando la madre regresó, no encontró a su hijo en su escondite habitual. Presa del pánico, empezó a buscarlo hasta que oyó una voz familiar, era la araña Shari que la condujo a un matorral envuelto en una densa tela de araña. Debajo, casi invisible, estaba su cría.

Mientras la madre distrajo a los cazadores, Shari tejió telarañas con diligencia y logró esconder a la cría de ellos.

Dos ángeles de viaje

Un ángel y un arcángel estaban de viaje. Ya se había puesto el sol y se detuvieron a pasar la noche con una familia adinerada. Sin embargo, la familia fue grosera y les negó a los dos huéspedes su habitación de invitados; en su lugar, debían pasar la noche en un sótano frío y húmedo.

Cuando el ángel se tumbó para dormir en el suelo, observó que el arcángel cerraba un agujero en la pared. El ángel le preguntó al respecto y el arcángel le respondió:

—Las cosas no son siempre lo que parecen.

Pasaron todo el día siguiente viajando y, como ya era tarde, volvieron a buscar un lugar en el cual alojarse, entonces encontraron a una familia pobre dispuesta a acogerlos. Los anfitriones compartieron su comida con los ángeles e incluso los dejaron dormir en su cama, pues ellos decidieron pasar la noche en el sofá del salón.

Tras una noche de descanso placentero, los ángeles se despertaron y encontraron a sus anfitriones llorando. Su única vaca, de cuya leche vivían, yacía muerta en el campo.

—¿Por qué dejaste que esto sucediera? —preguntó el ángel al arcángel con enfado—. La familia rica lo tenía todo y aun así los ayudaste y ahora, con la familia pobre, dejaste morir a su vaca.

—Las cosas no son siempre lo que parecen. Mientras descansábamos en la fría bodega, me di cuenta de que había oro escondido en este agujero de la pared. Como los anfitriones estaban tan obsesionados con la codicia y no querían compartir su feliz destino, sellé la pared para que no pudieran encontrarlo. Ahora, esta última noche, mientras dormíamos en la cama de la familia pobre, la Parca vino por la mujer y le di la vaca en su lugar. —El arcángel miró al ángel con urgencia antes de repetir—: las cosas no son siempre lo que parecen.

En el mercado

Una mujer fue a un mercado y allí vio a un hombre que tenía un puesto, pero no mercancías.

—¿Qué vende? —Le preguntó al vendedor.

—Todo lo que Dios tiene para ofrecer.

La mujer se quedó estupefacta y pensó qué comprar. Finalmente, aprovechó la oportunidad y dijo:

—Quiero ser feliz. Quiero paz y amor para mi alma. Quiero estar libre de miedos y, además, quiero poseer la sabiduría absoluta. —Luego añadió—: pero quiero todo esto no sólo para mí, sino para toda la humanidad.

El hombre recogió un pequeño paquete y se lo entregó a la mujer.

Ella miró irritada al vendedor mientras sopesaba el pequeño paquete que tenía en la mano.

—¿Esto es todo? —preguntó incrédula.

El hombre sonrió y respondió:

—Querida mujer, la tienda de Dios no vende fruta, sólo semillas.

V
CUESTIÓN DE OPINIÓN

Si la piedra pensara: «Una sola piedra no puede levantar un muro», no habría edificios.

Si el grano de trigo pensara: «Un solo grano de trigo no puede sembrar un campo», no habría cosecha.

Si la gota de agua pensara: «Una sola gota de agua no puede formar un charco», no habría mares.

Si el rayo de sol pensara: «Un solo rayo de sol no puede iluminar un día», no habría luz.

Si el hombre pensara: «Un solo gesto de amor no tiene impacto en la humanidad», no habría amor en el mundo.

- Desconocido

El debate silencioso

Había un templo budista en el que cualquier monje itinerante podía instalarse durante un breve periodo de tiempo si mantenía un debate sobre budismo con uno de los monjes residentes y ganaba. Sin embargo, si perdía, tenía que seguir su camino y no recibiría posada. En este templo vivían dos monjes hermanos. El mayor era un erudito, pero el menor sólo tenía un ojo y era estúpido.

Un día llegó al templo un monje viajero que pretendía instalarse unos días allí, así que desafió al hermano mayor. Sin embargo, este había estado estudiando los Upanishad todo el día y estaba agotado, de modo que, le pidió a su hermano que dirigiera el debate en su nombre y también quiso que el debate se desarrollara en silencio.

El monje viajero aceptó las condiciones. Él y el hermano fueron a una habitación adecuada y el debate terminó bastante rápido, entonces el monje viajero se dirigió al hermano mayor.

—Tu hermano menor es un tipo espléndido —anunció al hermano mayor—. Me ha derrotado.

El hermano mayor quería saber cómo había sido el debate.

—Bueno, primero levanté un dedo. —Empezó a contar el monje viajero—. El dedo que representa a *Buda, el iluminado.* Luego él levantó dos dedos, indicando a Buda y su enseñanza. Yo entonces levanté tres dedos, representando a Buda, su enseñanza y sus seguidores viviendo en armonía. —El monje viajero hizo una pausa antes de continuar y luego dijo—: entonces tu hermano menor me golpeó en la cara con el puño, indicando que los tres surgen de una realización. Así ganó. Y no tengo derecho a quedarme aquí unos días.

Apenas el monje viajero abandonó el templo, el hermano menor entró corriendo.

—¿Dónde está ese tipo? —preguntó enfadado.

—¿Por qué estás tan enfadado? —replicó el hermano mayor—, creo que has ganado el debate.

—En absoluto. Voy a darle una paliza.

Entonces el monje mayor le pidió a su hermano que le contara cómo había sido el debate.

—Pues bien. —Empezó a contar el hermano menor. —Apenas nos sentamos levantó un dedo y me insultó.

El hermano mayor al principio no entendió, pero el pequeño prosiguió de inmediato.

—Aludía al hecho de que sólo tengo un ojo. Como era un desconocido, quise ser cortés con él y levanté dos dedos, felicitándolo por tener dos ojos. Pero el grosero patán levantó entonces tres dedos intentando demostrarme que sólo teníamos tres ojos juntos. Mis nervios me ganaron y le di un puñetazo en la cara. Entonces salió corriendo de la habitación y nuestro debate terminó.

El afortunado

Un joven tenía muchos y grandes planes para el futuro, sin embargo, sentía que simplemente tenía poca suerte en la vida y eso le impedía alcanzar sus metas. Así que decidió visitar a un sabio ermitaño que vivía en una cabaña en el bosque.

Se adentró en el bosque y, al principio de su viaje, se encontró con un lobo.

—¿Adónde vas, joven? —Le preguntó el lobo.

—Quiero ir a ver al ermitaño para que me convierta en un hombre afortunado.

—Cuando lo conozcas, ¿puedes preguntarle por qué siempre tengo tanta hambre?

El joven le prometió al lobo hacerle esta pregunta al ermitaño y continuó su viaje.

Poco después, se encontró con una joven muy triste que estaba sentada junto a un lago. Cuando la mujer vio al joven, le preguntó a dónde iba.

—Voy a ver al ermitaño para que haga de mí un hombre afortunado —respondió el joven.

—Cuando lo conozcas, ten la amabilidad de preguntarle por qué estoy siempre tan triste.

El joven prometió hacerlo y siguió su camino. Poco después, cuando casi había rodeado el lago, se encontró con un sauce en la orilla que también le preguntó a dónde iba.

El joven respondió de nuevo que iba a ver al ermitaño para que lo convirtiera en un hombre afortunado.

—Cuando te encuentres con él —dijo el sauce—, por favor, pregúntale por qué siempre tengo tanta sed, aunque esté aquí junto al agua.

El joven también le prometió a él que haría su pregunta y continuó su viaje. Finalmente llegó a la cabaña del ermitaño y entró:

—He venido aquí porque siempre he tenido mala suerte en la vida. ¿No crees que eso es injusto y que debería tener suerte? Por favor, hazme un hombre con suerte.

El ermitaño asintió y lo convirtió.

Entonces el joven le dio las gracias e hizo las preguntas del lobo, de la joven y del sauce. Cuando el ermitaño hubo respondido a todas las preguntas, el joven se apresuró a volver a casa para no perderse nada más, al fin y al cabo, ahora era un hombre afortunado.

Estuvo a punto de pasar corriendo junto al árbol, pero este lo llamó y le preguntó:

—¿Conociste al ermitaño? ¿Respondió a mi pregunta?

—Sí —respondió el joven al pasar—, dijo que tus raíces no reciben tanta agua porque hay un gran tesoro enterrado entre tus raíces y el agua. Pero discúlpame, ahora soy un hombre afortunado y tengo prisa.

Y se apresuró a seguir. Cuando casi pasaba también por alto a la joven, ella lo llamó:

—Joven, ¿te has encontrado con el ermitaño y le has hecho mi pregunta?

El joven ni siquiera se detuvo, sino que le dijo al pasar.

—Sí, dijo que eres infeliz porque te sientes sola, pero que pronto llegará un joven, se enamorarán y serán felices juntos el resto de sus vidas. Pero discúlpame, debo irme. Después de todo, ahora soy un hombre afortunado.

Agotado de tanto caminar, se encontró con el lobo y este también le preguntó:

—¿Te encontraste con el ermitaño y le hiciste mi pregunta?

—Sí, lo hice —respondió el joven—. Me dijo que te dijera que tienes tanta hambre porque no tienes suficiente para comer. También me dijo que te dijera que cuando el tonto hubiera corrido lo suficientemente rápido para decírtelo, te lo podías comer.

El hipocondríaco

Un hombre caminaba por la calle cojeando, arrastraba el pie izquierdo por el asfalto y, en lo posible, evitaba poner peso sobre él. Entonces un transeúnte lo vio y se le acercó.

—¿Qué te ha pasado en el pie? —Le preguntó al hombre—. ¿Por qué cojea?

—No me ha pasado nada en el pie, está perfectamente sano. Pero tengo miedo de que mañana, durante mi mudanza, un mueble me caiga encima del pie y quiero acostumbrarme ya a la lesión.

El cubo con una grieta

Una mujer en África tenía dos grandes cubos, ambos colgaban de un palo que llevaba al cuello. Uno de los cubos estaba en perfecto estado, pero el otro tenía una grieta. Todos los días, la mujer iba al río, llenaba ambos cubos de agua y los llevaba a su jardín. Tras la larga caminata, el cubo que no estaba dañado llegaba lleno de agua, mientras que el otro, por la grieta, perdía casi la mitad del agua de camino a casa. Así ocurrió día tras día, semana tras semana y mes tras mes, una y otra vez, la mujer volvía a casa con un cubo lleno y otro medio lleno.

El cubo perfecto estaba muy orgulloso de haber llevado toda el agua a casa y no haber perdido ni una gota por el camino. Mientras que el cubo con la grieta, en cambio, se culpaba a sí mismo y se avergonzaba de haber hecho sólo la mitad del trabajo.

Finalmente, el cubo dañado habló con la mujer.

—Estoy avergonzado y quiero pedirte disculpas. La grieta me impide llevarte toda el agua a casa.

—No tienes por qué avergonzarte —respondió la mujer—. ¿No te has dado cuenta de que hay flores preciosas en tu lado del camino, mientras que en el otro no hay ninguna? Conozco tu grieta desde hace mucho tiempo; no se me había escapado. Precisamente por eso he sembrado semillas de flores en tu lado del camino, y todos los días, de camino a casa, riegas las semillas. Así que desde hace un año puedo recoger esas flores y decorar con ellas mi casa. Sin tu grieta, tendría que prescindir de las flores que hacen que mi casa esté tan bonita. Te lo agradezco de corazón.

Cómo viven los pobres

Un hombre rico de la ciudad se llevó a su hijo al campo, pues quería enseñarle cómo vivía la gente pobre. Padre e hijo llegaron por la mañana temprano, pasaron allí todo el día y la noche y se marcharon a la mañana siguiente. A la vuelta, el padre entabló una conversación con su hijo.

—¿Disfrutaste de nuestro corto viaje, hijo?

—Sí —respondió el hijo—, me pareció muy interesante.

—¿Y has visto lo pobre que puede llegar a ser la gente?

—¡Oh!, sí, padre, lo he visto.

—¿Y qué aprendiste de esta corta estancia?

—Me di cuenta de que nosotros tenemos un perro mientras que la gente de la granja tiene cuatro. —Empezó a contar el hijo—. Nosotros tenemos una piscina que llega hasta la mitad de nuestro jardín, mientras que ellos tienen un lago mucho más grande. Tenemos magníficas lámparas en nuestro jardín y ellos tienen las estrellas, e incluso pueden ver un brazo de la Vía Láctea. Nuestra terraza llega hasta el jardín delantero y ellos tienen todo el horizonte.

El padre se quedó sin habla, pues nunca se le habría ocurrido semejante análisis.

—Gracias, padre, por mostrarme lo pobres que somos.

El contrabandista

Un contrabandista con frecuencia cruzaba la frontera de Egipto a Sudán, pero siempre tomaba diferentes pasos fronterizos. A veces iba con un camello y otras con dos o incluso hasta tres. Los camellos iban cargados de heno. Los guardias fronterizos sabían que él era un conocido contrabandista y siempre lo registraban con mucho cuidado. Pinchaban los fardos de heno con palos puntiagudos y, de vez en cuando, incluso quemaban parte del heno y buscaban el contrabando entre las cenizas, pero nunca encontraron nada, ni una sola vez. El contrabandista, en cambio, se fue enriqueciendo con los años y cuando fue económicamente independiente, por fin, se jubiló. Un día, uno de los antiguos guardias fronterizos se reunió con él.

—Han pasado muchos años y tus actividades de contrabando ya han prescrito —dijo el antiguo guardia fronterizo—. Ahora puedes decirme... ¿qué estuviste contrabandeando todos esos años?

El contrabandista sonrió y respondió:

—¡Camellos!

Eso sí que es bueno

Un conde tenía un lacayo que, ante cualquier ocasión, por inoportuna que fuera, solía decir: «¡Sin duda es para mejor!». Decía esta frase tan a menudo que ponía de nervios al conde.

Un día el conde estaba cazando con su lacayo y la cacería fue un éxito, pues el conde al principio abatió un ciervo y poco después mató también una liebre. Los dos decidieron comerse la liebre allí mismo, así que el lacayo se ocupó de la hoguera mientras que el conde preparaba la liebre. En el proceso, se cortó torpemente casi todo el dedo meñique.

Su fiel lacayo no tuvo nada mejor que decir que:

—¡Sin duda es para mejor!

El conde perdió la compostura y dijo:

—¿De qué sirve eso?

Y despidió a su lacayo, así que le ordenó que se marchara inmediatamente.

Justo cuando el conde estaba a punto de comerse la liebre, fue atacado por unos bárbaros salvajes de una aldea cercana. Estaban contentos, pues pronto podrían sacrificar a un conde para sus dioses. En el último momento, uno de los bárbaros se dio cuenta de que le faltaba un dedo, eso significaba para los bárbaros que el conde era imperfecto y no podía ser sacrificado. Según las costumbres de los bárbaros, sólo cuerpos intactos podían ser sacrificados para ofrendar a los dioses. Los bárbaros liberaron al conde y este regresó a toda prisa a su castillo, pero de camino a casa, recordó las palabras de su lacayo: «*¡Sin duda es para mejor!*».

Cuando llegó al castillo, mandó llamar inmediatamente a su lacayo y le contó lo que le había ocurrido en el bosque.

—Fue bueno lo que me pasó en el dedo, pues, al final, me salvó la vida. No fue correcto de mi parte despedirte y enviarte lejos. Quiero que vuelvas a mi servicio.

—Mi conde —dijo el lacayo—, si no me hubiera echado, los bárbaros *me habrían* sacrificado a sus dioses. Pues mi cuerpo está ileso. Al despedirme, me ha salvado la vida.

El río culpable

Un verdulero no había podido vender todos sus productos y volvía a casa montado en un burro con el resto de su mercancía. Como todos los días tenía que cruzar el río con el burro y el comerciante ya lo había cruzado muchas veces, sabía dónde era profundo y dónde había escalones adecuados. Entonces se bajó del burro y ambos empezaron a cruzar el río.

Esta vez, sin embargo, su mente no estaba centrada en ese asunto, le fastidiaba haber vendido tan pocas verduras y pensaba en que el resto no estarían tan frescas mañana, por lo que tendría que ofrecerlas más baratas. Completamente distraído por sus pensamientos, pisó en un lugar donde no había piedras y se hundió en el río hasta la cintura, entonces se enfureció aún más. Insultó a la gente que no había comprado sus verduras, a su burro porque tenía las patas muy cortas y al río.

Finalmente, culpó al río de su infeliz día, así que agarró una rama que pasaba flotando y golpeó al río con ella, y mientras lo hacía, gritaba su enfado y se mojaba aún más. El burro, que ya había cruzado el río, ahora veía cómo el vendedor de verduras golpeaba el río con la rama.

Al cabo de unos minutos, el burro volvió a estar seco y el comerciante seguía de pie en el río, se enfriaba por el agua fría y le moqueaba la nariz.

Finalmente, el comerciante también cruzó el río, se sentó en el burro y se dirigió a su casa, pero mientras lo hacía, le explicó al burro exactamente cómo acababa de castigar al río.

—Ese estúpido río quería fastidiarme. Es culpa suya que ahora esté resfriado, pero realmente le di lo que se merecía.

La cuerda larga

Un sultán reunió a sus consejeros, luego tendió una cuerda en el suelo y miró a su alrededor.

—No deben cortar ni anudar esta cuerda, pero quiero que de cualquier modo la acorten —instó a sus consejeros.

Todos los consejeros pensaron y discutieron sobre la tarea durante un rato. ¿Cómo podían acortar la cuerda sin cortarla ni anudarla?

Entonces un consejero se levantó, tomó una cuerda aún más larga y la puso en el suelo junto a la del sultán.

Un hombre bueno a las puertas del infierno

El infierno ya estaba abarrotado y aún había una larga cola frente a la entrada. El mismísimo diablo se dirigió a la entrada para determinar quién debía ocupar el último lugar en el infierno.

—Sólo me queda un lugar —anunció a la multitud—. Se lo concederé al mayor pecador entre vosotros.

Entonces interrogó a la gente, uno por uno, sobre sus pecados, pero no encontró a nadie que hubiera llevado una vida tan pecaminosa. Pasó un rato hasta que el diablo hubo interrogado a todos y se fijó en un hombre que había pasado desapercibido.

—¿Qué has hecho en la tierra para estar aquí? —Le preguntó al hombre.

—Nada. Soy una buena persona y estoy aquí por accidente.

El diablo no se fio delo que le decía el hombre e inquirió.

—Pero algo habrás hecho. Todo el mundo peca en algún momento de su vida.

—Nunca he pecado —insistió el hombre—. Pero he visto pecar a muchas otras personas. He visto cómo mataban a niños de hambre. O cómo vendían a la gente como esclavos, cómo algunas personas hacían trabajar a los pobres para ellos e incluso obligaban a los niños a trabajar. A mi alrededor, la gente se ha beneficiado de males de todo tipo. Sólo yo resistí la tentación y nunca hice nada.

El diablo escuchó atentamente antes de preguntar:

—¿Viste todo eso y realmente no hiciste nada?

—Sí —respondió el hombre—, todo ocurrió prácticamente delante de mis ojos.

—¿Y no hiciste nada?

—¡Sí! —respondió el hombre con firmeza—. ¡Yo no he hecho nada!

—¡Felicidades! Entra, el último asiento es tuyo.

Un mal por favor

En la *Batalla de los tres emperadores,* el emperador Napoleón Bonaparte cabalgaba por una de las murallas cuando un arma de artillería enemigo le apuntó. Un soldado francés se percató de ello y comenzó a gritar, por lo que el caballo de Napoleón se detuvo en seco y el proyectil de artillería no lo alcanzó.

—Tu ingenio me ha salvado —dijo Napoleón al soldado—. Por eso te recompensaré. Dime, ¿qué deseas?

—Nuestro ayudante me trata muy mal. Quiero que me asignen a otro adjunto.

—¡Idiota! ¡Hazte ayudante tú mismo!

Lao Tzu y el árbol inadecuado

Lao Tzu y sus discípulos caminaban por el bosque cuando llegaron a un lugar donde unos leñadores estaban talando árboles. Juntos observaron a los leñadores que ya habían cortado todos los árboles menos uno. El árbol que quedaba era grande y tenía un enorme número de ramas, cientos de personas podían estar a su sombra.

Lao Tzu le pidió a uno de sus discípulos que preguntara a los leñadores por qué no habían talado aquel majestuoso árbol, entonces el discípulo se dirigió a los leñadores y les hizo la pregunta.

—Este árbol es completamente inútil. —Le respondió uno de los leñadores—. Tiene demasiados cartílagos y bifurcaciones de ramas, con él no se pueden hacer tablas decentes para los carpinteros. El árbol es inadecuado incluso para leña, porque su madera desarrolla un humo desagradable cuando se quema. Este humo no sólo huele mal, sino que puede dañar gravemente la vista si entra en contacto con los ojos. Por lo tanto, este árbol no nos sirve para nada.

El estudiante le agradeció su detallada respuesta y se la transmitió a Lao Tzu, quien empezó a sonreír.

—Sean completamente inútiles como este árbol —dijo a sus discípulos—. Si son útiles, los cortarán y los convertirán en muebles para la casa de otro. Si son hermosos, los convertirán en mercancía y los venderán en el mercado. —Levantó un dedo en tono admonitorio antes de continuar—. Sean como este árbol, completamente inútil. Entonces podrán crecer en paz, envejecer y cientos de personas podrán encontrar sombra bajo sus ramas.

La decisión de salvar el mundo

Una mujer tomó una decisión importante: como la tierra estaba llena de sufrimiento y penurias, estaba decidida a empezar a hacer del mundo un lugar mejor al día siguiente.

Cuando se levantó a la mañana siguiente, su idea planeada le pareció demasiado ambiciosa. Así que, primero decidió liberar de sufrimientos y penurias al país en el que vivía, pero al cabo de unas semanas, tuvo que admitir que esa idea era demasiado difícil.

Entonces, dirigió su atención a la ciudad donde vivía, sin embargo, no consiguió animar a la gente de la ciudad para que fuera más virtuosa y lo mismo ocurrió con el barrio y la calle donde vivía.

Cuando la buena mujer por fin se dio cuenta de que probablemente ni siquiera conseguiría que su propia familia fuera más virtuosa, tomó la decisión de que lo primero y más importante era empezar por ella misma.

Dos manzanas

Una niña estaba columpiándose en el jardín cuando su hermana pequeña se acercó con dos manzanas en las manos.

—¿Me das una manzana? —Le preguntó la hermana mayor a la pequeña—. A mí también me gustaría comerme una.

La hermana pequeña lo pensó un momento, entonces mordió primero una manzana y luego la otra. La hermana mayor estaba visiblemente decepcionada y no podía ocultarlo.

Pero sólo pasó un instante antes de que la hermana menor le entregara una de las manzanas diciéndole:

—Toma, hermanita, coge esta que está más dulce.

El libro

Durante una conferencia en una sala abarrotada, el profesor levantó un libro.

—Este libro es negro —señaló.

Pero los alumnos vieron que el libro era evidentemente rojo. —No, —gritaron—, el libro es rojo.

Pero el profesor insistió y repitió su afirmación:

—¡Sí, este libro es negro!

—¡Está mal!, —gritaron los alumnos—. ¡Es rojo!

Entonces el profesor le dio la vuelta al libro y mostró que el lomo era negro.

Se hizo un gran silencio en la sala de conferencias hasta que el profesor empezó a hablar.

—Nunca le digas a nadie que está equivocado hasta que hayas visto las cosas desde su perspectiva.

Hábil pregunta

En un monasterio muy pequeño sólo vivían dos monjes. Ambos eran fumadores empedernidos e incluso lo hacían durante la oración. Tenían remordimientos de conciencia por ello, así que cada uno le escribió una carta al obispo para pedirle su opinión.

Al cabo de unos días, recibieron una respuesta del obispo. Para su asombro, a un monje se le dio permiso para fumar, pero al otro se le prohibió.

El monje al que se le permitió fumar preguntó:

—¿Qué le escribiste al obispo?

El monje al que se le denegó el permiso respondió:

—Yo le pregunté si podía fumar mientras rezaba. ¿Y tú?

—Pregunté si podía rezar mientras fumaba.

Respuestas de Dios

Al igual que hace varios miles de años Moisés conoció personalmente a Dios en el monte Sinaí, también lo hizo un hombre, pero en sueños.

Un poco emocionado, le hizo a Dios la primera pregunta que le vino a la mente.

—¿Qué es lo que más te sorprende de la gente?

—¡Muchas cosas! —respondió Dios—. Me sorprende que piensan tanto en el futuro que se olvidan por completo del presente y por eso no viven adecuadamente ni en el presente ni en el futuro. De niños, la gente quiere crecer lo antes posible y de adultos, anhelan volver a ser niños. Viven como si nunca fueran a morir y mueren como si nunca hubieran vivido. Descuidan su salud para ganar mucho dinero y luego gastan mucho dinero para recuperarla.

El hombre se quedó muy pensativo antes de formular la siguiente pregunta.

—¿Qué lecciones debe aprender la gente para la vida?

Dios respondió con una sonrisa.

—Deberías aprender que puedes infligirle heridas profundas a una persona en cuestión de segundos, pero estas tardan mucho tiempo en sanar. Que una persona rica no es la que más tiene, sino la que menos necesita. Que lo más valioso no es la riqueza material, sino las personas que tenemos en nuestra vida. Que el amor no se puede forzar. Que no es bueno compararse con los demás. Que cada uno se mide por sus propias capacidades y actos. Que se puede aprender a perdonar practicando el perdón. Que las personas deben aprender a expresar su amor. Que un verdadero amigo es alguien que lo sabe todo de ti y te quiere de todos modos. Y que, aunque dos personas vean lo mismo, pueden percibirlo de forma completamente distinta.

El hombre escuchaba atentamente y aún tenía muchas preguntas, pero inesperadamente fue sacado de su sueño por su hija pequeña que lo despertó. Y mientras la abrazaba, sonrió y comprendió todo.

El sueño del emperador

Por la noche, un emperador fue arrancado de su sueño por una pesadilla. Inmediatamente llamó a un intérprete de sueños y se lo contó.

—En mi sueño, todos mis dientes se caían uno tras otro. ¿Qué significa eso?

El intérprete de sueños escuchó atentamente y reflexionó.

—Alteza imperial —dijo finalmente—, me temo que tengo que darle una mala noticia. En el sueño sus dientes simbolizan a sus parientes y amigos. Los perderá a todos uno tras otro, tal como perdió sus dientes en el sueño.

El emperador se enfadó mucho y mandó encerrar al intérprete de sueños en el calabozo.

Entonces ordenó que otro intérprete de sueños acudiera a él. A este también le habló de su sueño y le preguntó qué significado tenía.

—Mi alteza imperial —respondió el intérprete de sueños—, me complace anunciarle una alegría. Envejecerás más que todos tus parientes y amigos. Los sobrevivirás a todos.

Esta interpretación sí le gustó al emperador y recompensó generosamente al intérprete de sueños.

VI
ACEPTACIÓN

Los árboles no le niegan su sombra a nadie,
ni siquiera a un leñador.

- Sabiduría hindú

El rey cobra

Una cobra real se posó cerca de un pueblo y su majestuoso tamaño y agresividad, aterrorizó a los aldeanos.

Todas las mañanas, la serpiente se posaba en la carretera principal, a la entrada del pueblo. Los temerosos habitantes hacían largos rodeos para evitar el contacto con la serpiente.

Un día, un swami cruzó la carretera hacia el pueblo y se acercó a la cobra rey. Él no mostró ningún miedo a la serpiente y cuando la cobra rey vio acercarse al swami, se levantó de un salto, estiró la cabeza y empezó a silbar. Para sorpresa de todos, el swami no se sobresaltó, en cambio, miró a la serpiente con amabilidad y cariño, como si fuera una buena y vieja amiga. La cobra se detuvo, pues no había esperado ni experimentado nunca una reacción semejante. La mirada del swami le hizo tanto bien que al instante olvidó su enfado.

Él la miró amablemente y le habló con voz suave:

—Mira, ahora ya no eres agresiva y asustadiza, sino alegre y feliz. Si eres agresiva con otros seres vivos, no te haces ningún bien a ti misma. Llevo muchos años viviendo según el lema de no tener malos pensamientos, no decir nada malo y no hacerle daño a nadie. Como resultado, vivo en completa armonía conmigo mismo y con mi entorno. Y como puedes ver fácilmente, soy feliz.

Estas palabras hicieron reflexionar a la cobra rey quien se dio cuenta de que su vida hasta entonces se había caracterizado por la ira, la agresividad y la violencia, por eso siempre estaba irritable e insatisfecha. Pero en aquel momento todo era completamente distinto: estaba tranquila, relajada y se sentía feliz, así que decidió cambiar. La serpiente le dio las gracias al Swami por esta lección y le prometió que, a partir de entonces, sólo trataría a todos los seres vivos con buena voluntad y amor.

Pasaron los días y poco a poco los aldeanos fueron notando el cambio de comportamiento de la cobra real. La serpiente ya no recibía a la gente con agresividad, sino que se solazaba en paz y tranquilidad en los lugares soleados del pueblo.

Pero cuando el miedo a la cobra de los aldeanos disminuyó, decidieron vengarse de ella. Entonces un aldeano empezó a atacar a la serpiente con un palo y le infligió heridas dolorosas, otros les arrojaron piedras y la lanzaron por los aires. Pasaban los días y los abusos no cesaban. La serpiente no entendía lo que estaba pasando y empezó a cuestionarse si su cambio había sido realmente la decisión correcta.

Cuando un día el swami regresó para ver cómo estaba la serpiente, se quedó estupefacto al ver a la cobra rey: estaba demacrada, tendida sin fuerzas sobre la hierba y cubierta de numerosas heridas.

—¿Cómo estás? —Le preguntó ansioso—. ¿Qué te ha pasado?

—En realidad, estoy bien —respondió la serpiente—. Claro, he adelgazado porque ya no como ratones. Sólo me alimento de animales muertos y frutas del bosque.

—Pero estás cubierta de cicatrices. ¿Quién te hizo esto?

—Cuando los aldeanos se dieron cuenta de que había cambiado, poco a poco perdieron el miedo y empezaron a maltratarme. Al final, hasta los niños me torturaban sólo por diversión. Así que me pregunto si tus consejos de entonces son siempre aplicables.

El swami estaba visiblemente irritado:

—Sí, es cierto que te he aconsejado que no le hagas daño a ningún ser vivo y que, en cambio, los trataras con amor y buena voluntad. Pero no te he dicho que tengas que aguantarlo todo si alguien quiere hacerte daño. En tales casos, puedes saltar y silbar en defensa para ahuyentar a los malhechores. Al hacerlo, no les causas daño físico a los agresores, sino que demuestras que quieres que te dejen en paz.

Esas palabras cayeron con peso en la mente de la serpiente y se preguntó por qué no se le había ocurrido a ella misma.

¡Aprende de la tierra!

Cuando Rahula tuvo la madurez suficiente para escuchar y comprender ciertas enseñanzas, su padre le dijo:

—¡Rahula, aprende de la tierra! Tanto si la gente la cubre de hermosas flores, le echa perfume o leche fresca, como si vierte sobre ella excrementos malolientes, orina o sangre, o incluso escupe sobre ella, la tierra lo recibe todo por igual. ¡Aprende del agua! Cuando la gente lava cosas sucias en ella, ella no se enfada ni se pone triste. ¡Aprende del fuego! Él quema todas las cosas sin discriminación. No se avergüenza de quemar sustancias impuras. ¡Aprende del aire! El aire transporta todos los olores, sean fragantes o fétidos.

Naturaleza del hombre

Un ciudadano preocupado se acercó a un faquir.

—¿Puede ayudarme? —Le preguntó—. No sé qué hacer. Cada vez me cuesta más controlar mi creciente ira.

—Dime —desafió el faquir al ciudadano—, ¿qué te preocupa?

—Es simplemente la naturaleza de mis semejantes. Critican todo y a todos constantemente, pero no ven sus propios defectos. Yo tampoco quiero criticarlos, porque entonces actuaría como ellos, pero me da mucha rabia ver cómo lo hacen todo el tiempo.

—Ya veo. ¿No escapaste por poco de la muerte hace un mes?

—Sí, casi muero. Estaba recogiendo setas en el bosque y me sorprendió una manada de lobos. Inmediatamente me subí al árbol más cercano y, estando sin agua ni comida, luché por sobrevivir durante dos días.

El faquir lo escuchó atentamente y le preguntó cómo había escapado de aquella situación desesperada.

—Siempre esperaba la oportunidad perfecta y aprovechaba cuando los lobos se descuidaban un momento, entonces me bajaba, corría hasta el siguiente árbol y me subía allí —respondió el hombre—. Así me moví de árbol en árbol hasta estar cada vez más cerca de la aldea, luego un cazador me escuchó gritar y ahuyentó a los lobos.

—¿Te has ofendido con los lobos, aunque sea una vez en estos dos días?

—No, ¿por qué debería estarlo? Nunca se me pasó por la cabeza.

—Pero los lobos querían matarte.

—Sí, pero eso es lo que hacen los lobos: van de caza, buscan presas, las matan y se alimentan de ellas. Es su naturaleza, no pueden evitarlo.

Entonces el faquir sonrió y dijo:

—¡Eso es! Ten presente este pensamiento. Porque aplica perfectamente a tu problema: criticar a los demás y no darte cuenta de tus propios errores es algo que hace mucha gente. Todos lo hacemos de vez en cuando, es la naturaleza humana. Así que la próxima vez que veas que la gente se comporta así, intenta aceptarlo y no dejes que la ira se acumule en tu interior. Por supuesto, debes protegerte de ese comportamiento y mantener cierta distancia, pero lo más importante es no sentirse ofendido o atacado por ello sólo porque las personas sean como son. Está en su naturaleza criticar y juzgar, así que sería absurdo ofenderse.

Hakuin y el niño

El maestro zen Hakuin vivía en una aldea y era muy estimado y respetado por los aldeanos, todos querían recibir sus enseñanzas espirituales.

Un día, la hija de un aldeano quedó embarazada. El padre estaba estupefacto porque su hija no estaba casada e insistió en que le dijera el nombre del futuro padre. Para evitar el castigo del padre, ella finalmente sólo dijo el nombre de Hakuin. Lleno de indignación, el padre corrió hacia la casa de Hakuin y ofuscado le reprochó y le dijo que su hija le había confesado que él era el padre de la niña, pero lo único que respondió Hakuin fue:

—¿Es así?

El escándalo corrió como la pólvora en la aldea y más allá. Hakuin perdió su buena reputación, pero eso no le molestó. Ya nadie lo buscaba, pero eso tampoco lo afectó.

Cuando nació el niño, el padre se lo llevó a Hakuin y le dijo:

—Tú eres el padre, así que cuida del niño.

Hakuin lo hizo, cuidó amorosamente del niño e iba con él a todas partes. Tanto si llovía como si había tormenta, salía a pedir comida y leche para el niño. Muchos de sus discípulos leales se alejaron de él. Pensaban que era una desgracia que Hakuin hubiera dejado embarazada a la joven, pero él nunca dijo una palabra al respecto y trató al niño como si fuera suyo.

Pasado algún tiempo, la madre no pudo soportar más el dolor de estar separada de su hijo y le confesó a su padre el verdadero nombre del chico con el que había engendrado al niño. Se trataba de un simple muchacho del pueblo, no de Hakuin. Entonces el padre de la niña corrió hacia la casa de Hakuin, se postró ante él y le pidió perdón.

Hakuin sólo respondió:

—¿Es así? —Y le devolvió al niño.

Tres capas flotantes

Tres avanzados monjes iban todos los días a bañarse a la playa. Eran tan sabios y virtuosos que todos los días les ocurrían pequeños milagros. Por lo que era frecuente que, cuando se quitaban las túnicas para bañarse, el viento se las llevara por los aires. Todo el tiempo que los monjes se bañaban en el mar, sus túnicas flotaban en el aire.

Un día, los monjes estaban bañándose en el mar y vieron cómo una gaviota atrapaba un pez y se alejaba volando con él en su pico.

Entonces uno de los monjes dijo:

—¡Gaviota malvada! —E inmediatamente su túnica cayó al suelo.

Entonces el segundo monje dijo:

—Pobre pez. —Y su túnica también cayó bruscamente al suelo y quedó sobre la arena.

El tercer monje vio cómo la gaviota se alejaba volando con el pez en su pico, y cómo el ave siguió volando hasta que dejó de ser visible. Mientras tanto, el monje guardó silencio y su túnica permaneció suspendida en el aire.

VII
GRATITUD

Si la única oración que dijeras en tu vida fuera «gracias»,
sería suficiente.

- Maestro Eckhart

El viaje de un ermitaño

Un día, un ermitaño iluminado se fue de viaje por el campo y se encontró con un hombre sin brazos ni piernas que apenas podía moverse.

—¿Quién es usted? —Le preguntó el hombre.

—Yo soy la iluminación —respondió el ermitaño.

—Si eres la iluminación, ¿puedes curarme?

—Quiero curarte, pero pronto me olvidarás a mí y a tu discapacidad.

El hombre quedó sorprendido por estas palabras.

—¿Cómo podría olvidarte? —preguntó.

—De acuerdo. —Aceptó finalmente el ermitaño—. Volveré dentro de siete años, entonces veremos si me has olvidado.

Puso la mano en la cabeza del hombre e inmediatamente volvió a tener brazos y piernas.

El ermitaño siguió adelante y conoció a un vagabundo.

—¿Quién es usted? —preguntó el vagabundo.

Cuando el ermitaño le dijo que él era la iluminación, el vagabundo le preguntó si podía conseguirle una casa.

—Podría —dijo el ermitaño—, pero pronto te olvidarás de mí y de tu problema.

—¿Cómo podría olvidarte?

Nuevamente el ermitaño accedió.

—Bueno, volveré dentro de siete años, entonces veremos si me has olvidado.

Le puso la mano en la cabeza y apenas ocurrió esto, el vagabundo tuvo una casa donde vivir.

El ermitaño continuó su viaje y se encontró con un ciego que también le preguntó quién era.

—Yo soy la iluminación —respondió el ermitaño.

—¿La iluminación? —preguntó asombrado el ciego—. ¿Puedes devolverme la vista?

—Sí, podría, pero pronto te olvidarás de mí y de tu ceguera.

—¿Cómo podría olvidarte?

Finalmente, el ermitaño accedió a la petición del ciego.

—De acuerdo, volveré dentro de siete años, entonces veremos si me has olvidado.

Puso su mano sobre la cabeza del ciego e inmediatamente pudo ver.

Habían pasado siete años y el ermitaño emprendió de nuevo un viaje para encontrarse con las personas a las que había ayudado tiempo atrás. Se transformó en ciego y se dirigió primero al hombre al que le había devuelto la vista.

—Ayúdame —suplicó al hombre que antes era ciego—, no veo y necesito agua desesperadamente.

—¿Cómo se atreve? —replicó el hombre—. ¡No permito que los discapacitados beban de mi agua!

Inmediatamente el ermitaño se dio media vuelta y se reveló. —¡Ya ves! Hace siete años estabas ciego. Entonces te curé y prometiste no olvidar nunca tu ceguera ni a mí.

Entonces puso la mano sobre la cabeza del ingrato hombre y este volvió a quedarse ciego.

El ermitaño continuó su viaje y se encontró con el hombre al que le había dado brazos y piernas siete años atrás. Hizo desaparecer sus propios miembros y volvió a pedir agua.

—¡Fuera! —gritó el hombre.

El ermitaño inmediatamente se reveló y le dijo:

—¡Ya ves! Hace siete años te curé tu invalidez y en aquel momento prometiste no olvidarte nunca de mí y de tu discapacidad.

A continuación, puso la mano en la cabeza del ingrato hombre, e inmediatamente volvió a perder los brazos y las piernas.

Finalmente, el ermitaño se dirigió al hombre al que le había creado una casa hacía siete años. Se transformó en un vagabundo y le preguntó:

—¿Puedo dormir contigo una noche?

—¡Con mucho gusto! Entra y siéntate. Te comprendo, pues yo tampoco tenía un techo. Hace sólo siete años que lo tengo, pues un ermitaño iluminado vino a verme y me ayudó a salir de la indigencia. En ese entonces dijo que volvería después de siete años. Espera aquí conmigo hasta que venga, quizá te ayude a ti también.

En cuanto el hombre terminó de hablar, el ermitaño se reveló.

—Soy el ermitaño iluminado. Eres el único de los que ayudé en aquel entonces que no me ha olvidado. Por lo tanto, conservarás tu casa y seguirás siendo feliz siempre. —Y, a modo de despedida, el ermitaño añadió—: Vivimos en un constante estado de cambio. A menudo, la felicidad se convierte en infelicidad, la adversidad se convierte en riqueza y el amor puede transformarse en odio. Ningún ser humano debería olvidar eso jamás.

En el hamam

A Nasrudin le gustaba visitar el baño turco de vapor para bañarse y relajarse. Un día, había unos nuevos trabajadores en el hamam que no lo conocían, le sorprendió que ni siquiera lo saludaran. Después de todo, era costumbre que cada bañista recibiera un jabón y dos toallas y Nasrudin no sólo no recibió jabón, sino que obtuvo dos toallas viejas con agujeros. Durante toda su estancia, los trabajadores atendieron a Nasrudin con muy poca amabilidad y tras su estancia, Nasrudin les dio una orgullosa propina y se marchó a casa enfadado.

Los trabajadores se sorprendieron por la elevada propina y se arrepintieron de haber sido tan groseros con Nasrudin. Se culparon a sí mismos y pensaron que si lo hubieran tratado mejor, habrían recibido una propina aún mayor.

Al cabo de una semana, Nasrudin volvió al hamam, pero esta vez los trabajadores lo trataron muy bien: le dieron mucho jabón y toallas nuevas y se turnaban para superarse en cortesía. Nasrudin fue tratado como un sultán y disfrutó al máximo su estancia. Al salir del baño, le dio una pequeña propina a cada trabajador y estos miraron a Nasrudin con asombro.

Entonces él les dijo:

—La propina de hoy es por el trato de la semana pasada. La propina de la semana pasada era por el trato de hoy.

Las canicas

Una anciana nunca salía de casa sin antes guardarse un puñado de canicas en el bolsillo izquierdo de su chaqueta. Siempre llevaba las canicas consigo para ser más consciente y apreciar los momentos más bellos del día. Así conservaba mejor los momentos en su memoria.

Ya fuera una agradable conversación en la calle, la risa de un niño, una deliciosa comida, un lugar a la sombra en un banco del parque, el resplandor del sol o el tiempo en la naturaleza... por cada una de estas y otras experiencias positivas similares, sacaba una canica del bolsillo izquierdo de su chaqueta y la colocaba en el derecho.

Por la noche, se sentaba en su porche, contaba las canicas de su bolsillo derecho y, en su mente, repasaba los momentos bonitos y agradecía las experiencias positivas que había tenido a lo largo del día.

Hechos evidentes

Un padre estaba sentado en el tren con su hijo mayor. Este estaba emocionado y miraba por la ventanilla con los ojos muy abiertos.

—Papá, ¿eso es un caballo? —Le preguntó a su padre.

El padre sonrió.

—Sí, eso es un caballo. —Le respondió a su hijo.

—Papá, ese árbol de ahí es un roble, ¿cierto?

—Sí, es un roble.

Así surgieron muchas más preguntas mientras el tren avanzaba por las vías.

—Papá, ¿eso es un avión?... Papá, ¿hay nieve?... Papá, ¿eso es un lago?

Y el padre pacientemente respondió afirmativamente a todo y le mostró a su hijo más vistas.

—Mira, hijo, allí en el lago hay un ánade real. Y ese árbol de ahí es un sauce llorón. Justo al lado hay una tienda con una zona para barbacoas.

Un pasajero observaba a los dos.

—Con el debido respeto. —Empezó por fin—. El comportamiento de su hijo es muy extraño. Para estos casos, seguro que hay ayuda médica o psicológica que puede buscar.

—¡Tiene toda la razón! —respondió el padre—. Acabamos de llegar de una clínica especializada. Mi hijo perdió la vista a los seis años y sólo ha vuelto a ver desde ayer.

El hombre bajó la mirada, al principio, sintiéndose avergonzado, pero luego se volvió hacia el joven.

—Joven, le pido muchas disculpas. —El hijo las aceptó y tras una breve pausa, el pasajero añadió—: Y quiero darles las gracias a los dos. Me han ayudado a darme cuenta de lo mucho que doy por sentadas estas pequeñas cosas y que no las valoro lo suficiente. Si perdiera la vista, las echaría mucho de menos.

Dos mejores amigos

Dos mejores amigos decidieron ir de excursión al Sáhara, llevaban varias horas caminando y estaban agotados. De pronto, se produjo una acalorada discusión y, en el calor del momento, uno de ellos le dio un puñetazo en la cara al otro. El hombre golpeado se sintió ofendido y, sin devolver el golpe, se arrodilló en silencio y escribió en la arena las siguientes palabras: *Hoy mi mejor amigo me ha pegado en la cara.*

Ambos continuaron su caminata y poco después llegaron a un oasis, allí quisieron tomar un descanso y bañarse. El amigo que había sido golpeado antes, se atascó de repente en el barro y no podía liberarse por sus propios medios. Corría peligro de ahogarse, entonces, con gran dificultad, su mejor amigo lo salvó.

Después de que el amigo rescatado se quitara el barro, tomó una piedra y talló las siguientes palabras en una roca: *Hoy mi mejor amigo me ha salvado la vida.*

El otro amigo lo observó con curiosidad.

—Cuando te ofendí, escribiste una sentencia en la arena. —Empezó a decir cuando el otro había terminado—. ¿Por qué ahora grabas las palabras en una piedra y no en la arena otra vez?

—Si alguien nos insulta o nos ofende debemos escribirlo en la arena para que el viento se lo lleve. —Le respondió su amigo—. Pero si alguien hace algo bueno por nosotros, debemos grabarlo en una piedra para que no se lo lleve el viento y no lo olvidemos nunca.

VIII
RIVALIDAD

Para ver cara a cara al universal y omnipresente
Espíritu de la Verdad,
tienes que ser capaz de amar al más insignificante de
la creación como a ti mismo.

- Mahatma Gandhi

El misterioso cuenco del mendigo

Un aristócrata paseaba por la ciudad con su criado y se encontró con un mendigo.

—Si quieres darme algo, entonces que sea bajo mis condiciones —dijo el mendigo.

El aristócrata, que no tenía la menor intención de darle nada al mendigo, quedó completamente sorprendido por su declaración y sintió una gran curiosidad.

—¿Qué estoy oyendo? ¿Un mendigo que vive de limosna además pone condiciones para ello? Bueno, ¿cuáles son tus condiciones?

—Aceptaré tu limosna sólo si consigues llenar mi cuenco de mendigo hasta el borde.

El aristócrata se sintió provocado por el mendigo, después de todo, era el habitante más rico de la ciudad.

—¿Qué te hace pensar que no puedo llenar tu sucio cuenco de mendigo? Yo no soy un mendigo, como tú.

Entonces, confiado en la victoria, decidió llenar el cuenco. Lo que no sabía era que el mendigo era yogui y su cuenco de mendigo no era un cuenco ordinario.

El aristócrata ordenó a su criado que llenara el cuenco del mendigo, pero cuando este echó monedas de cobre y de plata en el cuenco, ocurrió algo misterioso: las monedas desaparecieron tan rápidamente como el criado las había echado.

Al ver esto, el aristócrata ordenó a su criado:

—¡Sigue, no pares!

El criado echó en el cuenco todas las monedas de plata e incluso algunas de oro, pero todas las monedas desaparecieron inmediatamente. El aristócrata cada vez estaba más furioso, por nada del mundo quería ceder y permitir que el mendigo triunfara. Entonces le ordenó a su criado que trajera más oro y piedras preciosas de su residencia y este hizo lo que se le ordenó. Cuando regresó apresuradamente de la residencia, echó todo en el cuenco uno por uno, pero, como antes, todo se desvaneció en el aire. El espectáculo continuó hasta que el aristócrata perdió toda su fortuna en el cuenco del mendigo.

Finalmente, el aristócrata entró en razón.

—Te he ofendido. —Le dijo al mendigo—. Te ruego que me perdones. ¿Puedes contarme el secreto de tu cuenco de mendigo? ¿Cómo es que todos mis tesoros han desaparecido en él?

El mendigo le sonrió.

—Hice el cuenco con la misma materia de la que está hecho el ego humano —respondió—. El ego nunca tiene suficiente, le des lo que le des, nunca está satisfecho.

Viento contra sol

El viento y el sol se disputaban cuál de los dos conseguiría que el excursionista se quitara antes la chaqueta.

El viento lo intentó primero y sopló todo lo fuerte que pudo, pero el excursionista hizo exactamente lo contrario de lo que pretendía el viento: se abrochó la chaqueta. Entonces el viento sopló con toda su fuerza, pero el excursionista se abrochó cada vez más la chaqueta para desafiar al viento. Al cabo de un rato, el viento cedió.

Luego llegó el turno del sol. Envió sus cálidos rayos al excursionista, y sin el viento cortante y con el calor del sol, el excursionista se sintió cómodamente abrigado, se desabrochó la chaqueta y no tardó en quitársela por completo.

Tres hijos

En una aldea, tres mujeres iban al río por la mañana a buscar agua para el día y cada una de ellas tenía un hijo. La primera mujer empezó a alabar a su hijo.

—Deberías oír cantar a mi hijo. Tiene la voz de un ángel.

La segunda mujer se sumó.

—Mi hijo es increíblemente fuerte para su edad. Puede lanzar piedras muy lejos.

La tercera mujer permaneció en silencio y las dos primeras interpretaron que su hijo no era especialmente bueno en nada.

Cuando las tres llenaron los cubos, volvieron a casa y, a mitad de camino, sus tres hijos salieron a su encuentro. El primero cantaba como un ángel y el segundo tiraba piedras. El tercero, sin embargo, corrió hacia su madre para cargar él con el pesado cubo.

Un anciano que estaba sentado en un banco observó la escena.

—¡Eh!, viejo —dijo la primera mujer—. ¿Qué opinas de nuestros tres hijos?

¿Tres hijos? —preguntó el hombre—. Yo sólo veo uno.

Tres monjes

Tres monjes estaban sentados junto a un río meditando.

De repente, uno de ellos se levantó.

—Olvidé mi estera —dijo.

Cruzó el río caminando sobre el agua, pues al otro lado del río estaba su cabaña. Tomó la estera y volvió a cruzar el río hasta donde estaban los otros dos monjes y continuó meditando.

Después de unos minutos, un segundo monje dijo:

—¡Ah!, todavía tengo que lavar mi ropa.

Así que también él cruzó las aguas del río caminando para completar su tarea en la otra orilla y luego volvió a cruzar el río por el mismo camino y continuó su meditación.

El tercer monje observó cómo los dos monjes cruzaban el río sin ningún esfuerzo y supuso que era una prueba de sus habilidades.

—¿Así que creen que sus habilidades son superiores a las mías? —dijo desafiante—. ¡Miren esto!

Entonces caminó rápidamente hasta la orilla del río, pero en cuanto puso el pie en el agua, cayó hasta la cintura. Lo intentó una y otra vez, pero no consiguió caminar sobre el agua.

Los otros dos monjes lo observaban y un monje le preguntó al otro:

—¿Crees que deberíamos decirle dónde están los peldaños?

IX
OPINIONES

Gira la cara hacia el sol,
entonces las sombras quedarán detrás de ti.

- Sabiduría africana

El verdadero valor del anillo

Un muchacho le pidió consejo a un sabio para aclarar una duda que lo atormentaba.

—La gente me dice que no sirvo para nada —afirmó—. Dicen que soy estúpido y que, haga lo que haga, todo me saldrá mal. Por lo tanto, me siento inútil y nada me motiva. ¿Qué puedo hacer para que la gente tenga una mejor opinión de mí?

—Lo siento, pero ahora no puedo ayudarte —respondió el sabio—. Tengo un problema propio del que tengo que ocuparme primero—. Y tras una breve pausa, continuó—: Pero podrías ayudarme con mi problema primero, para resolverlo más rápido y poder ocuparme de tu problema después.

El muchacho se asombró de que el sabio le pidiera ayuda.

—Me gustaría ayudarte. ¿Qué quieres que haga?

El sabio se sacó un anillo del dedo meñique y se lo entregó al muchacho.

—Toma mi caballo y cabalga hasta la plaza del mercado. Tengo deudas y me veo obligado a vender este anillo. Te pido que negocies el mejor precio posible. No lo vendas por menos de una moneda de oro.

El muchacho montó en su caballo y se dirigió a toda prisa al mercado y, una vez allí, ofreció el anillo del sabio a los comerciantes. Casi todos se mostraron interesados, pero cuando pedía una moneda de oro, se reían de él. Nadie estaba dispuesto a pagar un precio tan alto por ese anillo. Entonces, un viejo vendedor le dijo amablemente:

—El anillo es hermoso y valioso, pero una moneda de oro es un precio demasiado alto por él.

Tras presentar el anillo a todos los compradores, tres monedas de plata fue la mejor oferta que recibió. Decepcionado por no poder vender el anillo, montó en el caballo y regresó junto al sabio, pero durante el trayecto, lo asaltaron las dudas. Quería vender el anillo por un buen precio y ayudar al sabio con su problema.

—Lo siento —informó cuando llegó a casa del sabio—. Me habrían dado como mucho tres monedas de plata por él. No logré convencer a nadie del verdadero valor del anillo.

El sabio sonrió y dijo:

—Lo que dices es muy importante. De hecho, primero debíamos determinar su verdadero valor. Por favor, cabalga una vez más al centro de la ciudad, pero esta vez ve con un joyero, no al mercado. Él es quien mejor puede determinar cuánto cuesta el anillo. Dile que quieres venderlo y que te haga su oferta más alta, pero sea lo que sea lo que te ofrezca por él, no debes vender el anillo bajo ningún concepto. Vuelve conmigo.

De nuevo el muchacho fue a la ciudad. El joyero examinó el anillo muy minuciosamente y le dijo:

—Dile al sabio que le daré treinta y seis monedas de oro por él si vende su anillo ahora.

—¡¿Treinta y seis monedas de oro?! —exclamó emocionado el muchacho.

—Sí, en realidad, el anillo vale más, pero en este momento sólo dispongo de treinta y seis monedas de oro. Si no tiene prisa, el sabio podría vender el anillo aún por más.

El chico se apresuró a volver con el sabio para contarle las buenas noticias y este escuchó atentamente todo lo que el muchacho tenía que contarle.

—Siéntate —dijo el sabio cuando el muchacho hubo terminado—. ¿Entiendes ahora? Tú eres como este anillo: una joya, preciosa y única, e igual que sucede con este anillo, sólo un experto en su campo puede reconocer tu verdadero valor. Entonces, ¿por qué te dejas guiar por la opinión de otros que no te conocen tan bien como tú mismo?

Mientras el sabio decía esto, volvió a ponerse el anillo en el dedo meñique, entonces el chico se dio cuenta de que nunca había tenido intención de vender su anillo.

Intentar complacer a todo el mundo

Un abuelo se dirigía al mercado con su nieta y un burro. Él iba sentado en el burro y su nieta lo conducía con la correa. Entonces un aldeano lo observó.

—¡Qué increíble! —gritó enfadado—. ¿Cómo permite que la niña camine al lado del burro para que usted vaya sentado tan perezosamente en él mientras la niña se esfuerza tanto?

Al percatarse del comentario del aldeano, el abuelo se bajó del burro y subió a su nieta en el animal. Así siguieron su camino hasta que el siguiente aldeano se fijó en ellos y dijo:

—¡No lo puedo creer! —exclamó—. La chica se sienta en el burro como una reina mientras que el viejo tiene que caminar.

Al oír esto el abuelo se sentó detrás de su nieta en el burro, pero no pasó mucho tiempo antes de que otro aldeano hiciera su comentario.

—¡Qué crueldad con los animales! —gritó al otro lado de la carretera—. Pobre burro. ¿Cómo pueden montar dos personas en un burro tan pequeño?

Finalmente, el abuelo y la nieta se bajaron del burro y lo condujeron con la correa hasta la plaza del mercado y, al ver esto, el aldeano de al lado les dijo:

—Son demasiado estúpidos. Tienen un burro, sin embargo, sólo caminan junto a él.

El abuelo miró a su nieta y le dijo:

—Hagas lo que hagas, siempre habrá gente que te critique y te juzgue. Nunca te preocupes por lo que piensen los demás, más bien actúa con la conciencia tranquila, con amor y bondad.

El alumno favorito

Se dice que Laith era el alumno favorito de Junayid. Los demás estudiantes lo envidiaban mucho y esto no pasó desapercibido para Junaid. Así que, reunió a sus discípulos y les dijo:

—Me he dado cuenta de la envidia que le tienen a Laith. Les demostraré por qué él es el más educado y comprensivo de todos ustedes, para que también se percaten de ello.

Junaid les dijo a sus discípulos que le trajeran treinta pájaros y cuando lo hicieron, les dijo:

—Cada uno de ustedes debe tomar un pájaro y matarlo en un lugar donde nadie esté mirando. Después, vuelvan a mí con el pájaro.

Los discípulos se fueron, mataron los pájaros y regresaron, excepto Laith, que trajo el pájaro vivo.

Los alumnos se preguntaban por qué el pájaro de Laith seguía vivo. Entonces Junaid preguntó lo que todos tenían en la punta de la lengua:

—Laith, ¿por qué no mataste al pájaro?

—No pude matar al pájaro —respondió Laith—, porque ordenaste matarlo en un lugar donde nadie estuviera mirando.

¿Quién sabe?

Érase una vez un granjero y su único hijo que vivían en una pequeña cabaña. La única posesión del granjero era un hermoso caballo que utilizaba para hacer las labores de la cosecha. Había innumerables potenciales compradores que ofrecían altos precios por el caballo, pero el granjero siempre los rechazaba a todos. Los aldeanos, envidiosos del caballo, decían:

—Granjero, qué suerte tienes de poseer un caballo tan hermoso.

—¿Quién sabe? —Fue la única respuesta del granjero.

Un día el caballo desapareció sin dejar rastro y el granjero y su hijo trataron en vano de encontrarlo. Entonces los aldeanos se acercaron y dijeron:

—Ahora tu caballo ha desaparecido, qué mala suerte tienes.

El granjero los miró y dijo:

—¿Quién sabe?

Se acercaba la época de la cosecha y, sin el caballo, el granjero y el hijo tuvieron que trabajar muy duro. Era dudoso que consiguieran recoger toda la cosecha. Pasaron unos días y el caballo volvió con el granjero y trajo otro caballo. Los aldeanos sintieron envidia de él y dijeron:

—Granjero, qué suerte tienes, ahora tienes dos caballos.

—¿Quién sabe? —Volvió a responder el granjero.

A la mañana siguiente, el hijo del granjero intentó domar al nuevo caballo y tuvo éxito hasta que, de repente, lo lanzó al suelo tan violentamente que se rompió las dos piernas. Entonces los aldeanos le dijeron al granjero:

—Qué mala suerte tienes. Tu hijo ya no puede andar.

Pero de nuevo el granjero respondió:

—¿Quién sabe?

El agricultor se esforzaba por recoger la cosecha a tiempo sin el apoyo de su hijo. Mientras tanto, estalló la guerra y el rey necesitaba soldados así que todos los jóvenes del pueblo susceptibles de cumplir el servicio militar fueron llamados a las filas. Sólo el hijo del viejo granjero no fue llamado porque no era apto para la guerra debido a sus piernas rotas. Entonces de nuevo se acercaron los aldeanos y dijeron:

—Granjero, qué suerte tienes de que tu hijo no haya sido reclutado para la guerra.

—¿Quién sabe? —respondió el granjero.

La ratonera

En una granja vivía un ratón muy listo. A pesar de sus ojos pequeños, tenía una buena visión de conjunto y sabía lo que ocurría en la granja.

Una mañana descubrió una ratonera que el granjero había colocado la noche anterior. Presintiendo el peligro, quiso avisar a los demás animales.

Corrió primero a hablar con la gallina y le contó lo de la ratonera.

—¿Qué me importa a mí una ratonera? —replicó la gallina—. ¡Eso puede ser un problema para ti, pero no para mí!

El ratón siguió corriendo y le contó a la cabra lo de la ratonera.

—Comprendo tu preocupación y espero que no caigas en la trampa. —Le respondió la cabra—. Pero para mí, la ratonera es inofensiva.

A continuación, el ratón se dirigió a la vaca, pero esta tampoco vio motivos para preocuparse.

—¿De verdad crees que una ratonera podría hacerme daño? —preguntó maliciosamente la vaca.

El ratón les había avisado a todos los animales de la granja, pero ninguno quiso hacerle mucho caso, así que se escondió y allí pasó el resto del día lleno de pena y preocupación.

Apenas salió el sol, el ratón oyó un estruendo: ¡la ratonera se había cerrado!

La mujer del granjero fue a la cocina para ver si el ratón había caído en la trampa y cuando encendió la luz, fue mordida por una serpiente venenosa cuya cola había quedado atrapada en la trampa. El granjero se despertó por el grito de su mujer y corrió a la cocina. Inmediatamente, ambos corrieron a urgencias donde la mujer del granjero recibió atención médica y sobrevivió a la mordedura de la serpiente.

Para que su mujer se recuperara más rápido, el granjero decidió cocinar un caldo de pollo, de modo que sacrificó al pollo. Cuando la mujer del granjero salió sana del hospital, decidieron invitar a los vecinos para celebrarlo, entonces para esta ocasión especial, se sacrificó a la cabra. Pasaron unos días y el granjero recibió el correo, era la factura del hospital, la cual había salido mucho más alta de lo esperado y, para poder pagar la suma exigida, el granjero se vio obligado a sacrificar la vaca.

El ratón, que había estado observando todo esto, analizó lo que había sucedido los últimos días: ¿Por qué no se tomaron en serio mi advertencia? ¿Por qué no entendieron que el problema que afecta a uno de nosotros también puede afectar a todos los demás?

El sermón

Un imán llegó a una mezquita para dar un sermón, sin embargo, sólo había un hombre en la sala.

—Aquí no hay nadie más que tú —dijo asombrado el imán—. ¿Todavía quieres que dé el sermón?

—Escucha, soy un hombre sencillo. —Empezó el hombre—. No sé nada de eso, pero si llego a un establo y veo que se han escapado todos los caballos menos uno, seguiré alimentando al caballo restante.

Al escuchar esto, el imán pronunció su sermón el cual duró dos horas. Después se sintió feliz y satisfecho y le preguntó al hombre qué le había parecido el sermón.

—Como ya he dicho —respondió el hombre—, soy un hombre sencillo y no sé mucho de esas cosas. Pero si llego a un establo y veo que todos los caballos se han escapado excepto uno, seguiré dándole de comer. Aunque no le daría todo de una vez.

La verdura más deliciosa del mundo

Una vez Nasrudin se convirtió en el confidente más cercano del gobernante. El cocinero había descubierto una nueva receta con berenjenas y preparó la comida para el gobernante. A este le gustaron mucho las verduras.

—¿No es esta la verdura más deliciosa de todo el mundo? —Le preguntó a Nasrudin.

—¡Sí, majestad, la mejor! —respondió Nasrudin.

Entonces el gobernante le ordenó al cocinero que sirviera este plato todos los días a partir de entonces. Y dicho y hecho, el cocinero preparó el mismo plato con berenjenas durante toda la semana.

Al séptimo día, el gobernante rugió:

—Llevo toda la semana comiendo este plato. Ya no me sabe bien, así que llévate esta comida de una vez.

Entonces Nasrudin volvió a darle la razón al gobernante.

—¡Sí, majestad, es la peor verdura de todo el mundo!

Y terminando de hablar el gobernante se quedó atónito y dijo.

—Pero Nasrudin, hace sólo unos días elogiabas esta verdura como la más deliciosa. ¿Por qué has cambiado de opinión?

—¡Sí, tienes toda la razón! —respondió Nasrudin—. Pero después de todo, ¡yo le sirvo al gobernante, no a las verduras!

La recesión

Érase una vez un hombre que vivía en Nueva York y tenía un puesto donde vendía perritos calientes, y todos los días acudían muchos clientes a comprarle. Trabajaba desde la mañana hasta bien entrada la noche así que no tenía tiempo de seguir las noticias. La demanda de sus deliciosos perritos calientes no paraba de aumentar, así que decidió abrir un segundo puesto.

Para empezar con esta nueva empresa, tuvo que coordinarse con sus proveedores y con el ayuntamiento, así como adquirir nuevos equipos, de modo que le pidió ayuda a su hijo recién licenciado en Economía.

Los dos casi habían terminado de planearlo todo cuando el hijo corrió con su padre.

—¿No has leído los periódicos? —Le preguntó ansioso a su padre—. Se avecina una grave recesión. En un momento así es fatal expandirse porque la demanda y el volumen de negocio se reducirán.

El padre no se había enterado de nada, después de todo, su día a día iba espléndidamente. Pero pensó. Bueno, mi hijo ha estudiado, siempre está al día con las noticias y lee todos los días la sección de negocios del periódico. Al fin y al cabo, tiene que saberlo.

Y previendo esta situación de recesión, el hombre decidió parar la expansión por el momento. Redujo las cantidades de sus pedidos de salchichas y de pan y recortó la calidad de los alimentos. Además, redujo sus gastos de *marketing* publicando menos anuncios. La incertidumbre de la recesión que se avecinaba lo hizo volverse cada vez más pesimista y, con el tiempo, sus clientes también lo sintieron.

Por este motivo, no pasó mucho tiempo antes de que su clientela empezara a disminuir y pronto su espléndido negocio empezó a dar pérdidas, de modo que se vio obligado a cerrar su único puesto. Decepcionado, se dirigió a su hijo y le dijo:

—Tenías razón, hijo mío. Estamos en medio de una gran recesión.

Los tres tamices de Sócrates

Una vez una mujer se acercó corriendo a Sócrates.

—¡Sócrates, tengo que decirte algo! —dijo emocionada.

—¡Para, espera! —interrumpió Sócrates—. ¿Has pasado lo que quieres decirme por los tres tamices?

—¿Tres tamices?

—Sí exactamente, tres tamices. Primero, veamos si lo que quieres decirme pasa por los tres tamices. —Sócrates hizo un gesto con la mano para llamar la atención de la mujer sobre sus palabras—. El primer tamiz es la verdad. —Comenzó—. ¿Has contrastado todo lo que quieres decirme con la verdad?

—No, oí a alguien contándolo y...

Sócrates interrumpió a la mujer y continuó.

—De acuerdo, pero seguro lo has pasado por el segundo tamiz: el de la bondad. Si lo que quieres decirme no es claramente cierto, ¿es al menos bueno?

—No —respondió vacilante la mujer—, al contrario, es...

De nuevo Sócrates la interrumpió:

—Pues apliquemos entonces la tercera criba. ¿Es necesario que me lo digas?

—No es necesario —respondió la mujer tras pensárselo un momento.

—Bueno —dijo Sócrates, sonriendo—, si no es cierto, no es bueno, ni necesario, mejor no me lo digas, ni te agobies con ello.

El traje nuevo del emperador

Hans Christian Andersen una vez escribió un cuento sobre un emperador que vivió hace muchos años y que le daba una enorme importancia a la ropa nueva, tanto que gastaba todo su dinero en ella. Tenía ropa para cada hora del día.

Un día, llegaron a la corte del emperador dos impostores. Se hicieron pasar por tejedores y dijeron que podían tejer las ropas más hermosas. No sólo los colores y los dibujos eran de una belleza inusitada, sino que afirmaban que las ropas que cosían serían invisibles para cualquier estúpido o incapaz.

Sería una ropa espléndida, pensó el emperador. Si las tuviera puestas, reconocería inmediatamente qué personas de mi imperio son incapaces para su cargo o estúpidas. Sí, debo mandar a tejerme ropa así de inmediato.

Entonces, contrató a los dos impostores. Ellos montaron telares en una sala y fingían tejer algo. Pidieron la seda y el oro más finos, pero enseguida se los metieron en el bolsillo y se sentaron ante los telares vacíos hasta altas horas de la noche.

A la mañana siguiente, el emperador quiso saber hasta dónde habían llegado los dos tejedores con su trabajo, pero no se atrevió a preguntarlo él mismo, porque cualquiera que fuera estúpido o incapaz para su cargo no podría ver las prendas. Así que primero envió a su ministro a ver a los tejedores.

El emperador pensó para sus adentros: ¡El ministro es el mejor juez para saber cómo resultará el material, porque él es inteligente y absolutamente apto para su cargo!

Entonces el ministro entró en la habitación donde los dos impostores trabajaban en los telares vacíos.

—Esto no puede ser verdad —Se dijo el ministro, sin dar crédito a lo que veían sus ojos—. ¡No veo nada!

Los estafadores le pidieron que se acercara y le preguntaron si no era un bonito traje con hermosos colores. Luego señalaron los telares vacíos, pero el pobre ministro no podía ver nada, porque no había nada.

Entonces pensó: ¿Soy estúpido? No puede ser. ¿O no soy apto para mi cargo? Sea lo que sea, nadie debe saberlo.

—¿No dice nada al respecto? —Le preguntaron los estafadores al ministro.

—Me complace mucho —respondió el ministro—. Informaré al emperador inmediatamente.

Los estafadores exigieron aún más seda y oro que decían necesitar para tejer, pero todo lo guardaban en sus propios bolsillos y siguieron fingiendo que trabajaban en los telares vacíos.

El emperador no tardó en enviar a otro estadista para preguntar si sus ropas estarían pronto listas, pero a este le sucedió lo mismo que al ministro anterior: no vio nada en los telares.

—¿No es una prenda muy bonita? —le preguntaron también los dos estafadores. Entonces le mostraron y explicaron el magnífico estampado que, por supuesto, no existía en absoluto. Completamente irritado e inquieto, el estadista pensó para sí: *¡No soy estúpido! Por* *lo tanto, debo ser incapaz para mi cargo. Nadie debe saberlo.* Así que alabó la ropa que no había visto, les aseguró que estaba encantado con los hermosos colores y el espléndido diseño y luego informó al emperador de los progresos de los tejedores.

Entonces, por fin, el emperador quiso ver sus ropas con sus propios ojos mientras aún estaban en los telares. Con un gran séquito, se dirigió a ver a los dos impostores quienes tejían con todas sus fuerzas, pero sin fibra ni hilo.

—¿No es magnífico, majestad? Este estampado y estos colores —dijeron el ministro y el estadista que habían estado antes con los tejedores. Ambos señalaron los telares vacíos y pensaron que todos los presentes podían ver las prendas.

El emperador estaba fuera de sí y pensó: ¡Esto es terrible! ¡No veo nada! ¿Soy estúpido? ¿Soy incapaz de ser emperador? ¡Eso sería impensable!

Luego le respondió a los tejedores.

—¡Es precioso!

Al oír esto, asintió satisfecho y miró los telares vacíos porque no quería admitir que no veía nada. Todos los presentes sólo veían los telares vacíos e hicieron lo mismo que el emperador: alabaron las ropas que no podían ver.

Los estafadores estuvieron despiertos toda la noche y habían encendido luces adicionales para que la gente viera que estaban muy ocupados terminando de tejer el traje nuevo del emperador. Fingían sacar la tela de los telares, luego cortaban con tijeras, cosían con agujas de coser sin hilo y, a la mañana siguiente, dijeron:

—¡Ya está lista la ropa!

El emperador llegó y los impostores levantaron los brazos en el aire como si sostuvieran algo en las manos.

—¡Mira, aquí están los pantalones! —dijeron con voz orgullosa—. ¡Aquí está la camisa y este es el abrigo! Las piezas son tan ligeras como telarañas. Cualquiera dirá que no llevas nada puesto, pero eso es lo bonito, ¿verdad, majestad?

Condujeron al emperador hasta un gran espejo, este se quitó toda la ropa y quedó desnudo ante el espejo, entonces los impostores fingieron ponerle la ropa nueva. Cuando los impostores le pusieron la última prenda imaginaria, el emperador dijo:

—¡Miren mi ropa nueva! ¿No tiene un aspecto excelente?

Su séquito miró al emperador desnudo y lo felicitó efusivamente por sus nuevas ropas.

Después, el emperador se pavoneó por las calles para presentarse ante el pueblo con sus nuevos ropajes. Toda la gente de la calle vio al emperador desnudo, pero nadie quería admitir que no podían ver las nuevas ropas. Todos temían que pensaran que era estúpido o que no era apto para su cargo, así que todos gritaron:

—Qué ropa tan bonita lleva nuestro emperador. Sus nuevas ropas son incomparables.

El emperador continuó su paseo por la ciudad hasta que, de repente, un niño gritó:

—¡Pero si el emperador no lleva nada puesto! El grito se extendió como la pólvora hasta que finalmente todo el pueblo gritó:

—¡El emperador no lleva nada puesto, está desnudo!

Las cosas importantes de la vida

Una mujer ilustrada se encontraba en un barco, junto a ella se sentaba un erudito que, dada su elevada educación, estaba muy seguro de sí mismo.

—¿Ha estudiado alguna vez oceanografía? —Le preguntó el erudito a la mujer ilustrada.

—No —respondió ella.

—¡Oh, te has perdido mucho entonces! El conocimiento de las corrientes es indispensable para gobernar un barco.

Después de eso, durante un rato se sentaron uno junto al otro en silencio antes de que el erudito hiciera otra pregunta.

—¿Has estudiado alguna vez meteorología?

—No —respondió también a esto la ilustrada mujer.

—¡Lástima, entonces también te has perdido muchas cosas en este campo! Si conoces los vientos y el tiempo, puedes llevar un barco a su destino con seguridad y rapidez.

Incluso después de eso, el erudito no cejó en su empeño.

—¿Al menos estudiaste astronomía?

—No.

El erudito sonrió a la mujer compasivamente y le dijo:

—Lástima que no tengas ese conocimiento. Con él, un capitán puede navegar un barco por todas las aguas.

La mujer guardó silencio un rato antes de preguntarle bruscamente al becario:

—¿Has aprendido a nadar?

—No —respondió—, simplemente no he tenido tiempo.

—Lástima, porque el barco se está hundiendo ahora mismo.

X
BUENOS TIEMPOS, MALOS TIEMPOS

Sólo cuando el último árbol haya sido talado,
el último río haya sido envenenado y
haya sido capturado el último pez,
comprenderás que no se puede comer dinero.

- Sabiduría de los Cree

El pequeño ataúd

Una vez una mujer regentó una cafetería donde vendía pasteles y dulces caseros, pero desde hacía algún tiempo, el negocio no iba tan bien como antes. No paraba de perder clientes y la facturación caía en picado año tras año. Preocupada por la evolución de la situación, acudió a un sabio que vivía cerca del pueblo y le contó su situación y su dolor.

—Mi cafetería va directo a la ruina. ¿Puede ayudarme, por favor? —Se dirigió al sabio en busca de ayuda.

Entonces, el sabio le dio a la mujer un pequeño cofre cerrado.

—Debes llevar este ataúd contigo todo el día, todos los días. —Le ordenó—. Al café, a la bodega, a la despensa, al jardín, a todas partes y a cada rincón del café. No hará milagros de inmediato, pero al cabo de un tiempo te sentirás mejor. Tráeme el ataúd dentro de un año.

La mujer era escéptica, pero desesperada como estaba, siguió concienzudamente el consejo del sabio. Llevó el ataúd consigo todo el tiempo con diligencia y durante el proceso, descubrió muchas cosas en las que antes no había reparado. En primer lugar, empezó a limpiar a fondo el café, la despensa y la bodega. También restauró las viejas sillas y mesas, pintó las paredes y los techos y redecoró el café. Compró una cafetera nueva y probó nuevas recetas de repostería. Limpió el jardín de malas hierbas y plantó flores nuevas. Colocó un arco de rosas en la entrada y decoró todo el jardín para que los clientes se sintieran cómodos y pudieran relajarse y disfrutar de su taza de café con un trozo de tarta.

Pasado el año, la mujer, visiblemente contenta, fue a ver al sabio para devolverle su ataúd.

—Se lo agradezco muy sinceramente, buen hombre —dijo ella—. Su ataúd me ha ayudado mucho. Mi negocio vuelve a florecer. Tengo más clientes que nunca, están contentos y vienen casi todos los días. ¿Puede decirme de qué se trata este ataúd? ¿Por qué ha podido obrar el milagro?

El sabio sonrió y abrió el ataúd y, para su asombro, la mujer vio que el ataúd estaba vacío.

—El ataúd estuvo vacío todo el tiempo —dijo el sabio—. Tú misma realizaste el milagro.

Esto también pasará

Un rey hizo un anuncio a todos los sabios y eruditos de su reino:

—Un orfebre maravilloso me ha hecho el mejor anillo que jamás se haya fabricado. Está hecho de oro puro, platino y diamantes. Ahora quiero que ustedes me envíen un mensaje corto que pueda consultar en momentos de necesidad y desesperación. Sin embargo, dicho mensaje debe ser lo suficientemente corto como para que pueda caber debajo de mi anillo, así podré llevarlo siempre conmigo.

Todos los grandes eruditos y sabios escribieron mensajes impresionantes, pero eran demasiado largos para caber en el anillo, ninguno pudo escribir uno lo suficientemente corto. Al parecer, la exigencia del rey les parecía imposible.

Entonces el rey pensó en uno de sus criados al que le tenía gran estima, lo trataba como a un miembro más de la familia y le dijo:

—Todos los eruditos y sabios han fracasado. ¿Tienes un mensaje con las características que quiero para mí?

—No soy ni un sabio ni un erudito —respondió el viejo criado—. Pero sé cuál es el mensaje que buscas, porque sólo hay uno. Tus sabios y eruditos no pueden dártelo porque no está escrito en los libros, tienes que haber vivido esa experiencia. Como muestra de mi gratitud por haberme tratado tan bien en tu palacio todos estos años, te daré este mensaje.

Entonces escribió unas palabras en un pequeño trozo de papel y lo dobló.

—No las leas ahora. —Le dijo al rey mientras le entregaba el trozo de papel—. Guárdalo bajo tu anillo y ábrelo sólo en los momentos de mayor excitación y tensión.

En ese momento, el rey no tenía ni idea de que esa ocasión llegaría muy pronto.

El reino fue atacado y tomado y el rey intentó huir de los atacantes él solo a caballo. Las tropas enemigas, muy superiores en número, le dieron caza y él llegó a un callejón sin salida: frente a él había una gran muralla y a su alrededor un bosque muy denso. Si sus perseguidores lo encontraban ahí, su fin estaba garantizado.

Ya podía oír el galope de los caballos cada vez más cerca y, de repente, recordó el anillo y el mensaje que contenía. Entonces sacó la nota y lo leyó: *Esto también pasará*.

Cuando leyó la frase, se tranquilizó y pensó: esto también pasará...

Los jinetes que perseguían al rey tomaron otro camino y no pudieron encontrarlo, entonces él sintió un gran alivio y al mismo tiempo una enorme gratitud hacia su siervo. Volvió a doblar la nota y la guardó de nuevo en su anillo.

Pasado algún tiempo, el rey reunió una fuerza mercenaria para reconquistar su antiguo reino y lo consiguió. El día que regresó victorioso a su reino, fue muy festejado por la multitud y él se sentía muy orgulloso de sí mismo.

Entonces el viejo criado, que caminaba junto al carruaje real, le dijo:

—Mi rey, ahora también es un momento adecuado para leer el mensaje, léalo otra vez.

—¿Qué quieres decir? —preguntó entonces el rey—. Ahora no necesito el mensaje. He vencido y el reino vuelve a ser mío. ¿No ves cómo me celebra mi pueblo?

—Escúcheme bien. Este mensaje no es sólo necesario para los malos momentos, también para los buenos. No sólo es bueno para cuando eres un perdedor, sino también para cuando eres un ganador. No sólo para cuando eres el último, sino también cuando eres el primero.

El rey sacó el mensaje de su anillo y leyó: *Esto también pasará*. Entonces, de repente, en medio de la multitud que lo aclamaba y celebraba, lo invadió la misma calma, el mismo silencio. Su orgullo y su ego habían desaparecido y todo pasó. Así que le pidió a su criado que se sentara a su lado en el carruaje.

—Ahora lo entiendo. —Le dijo al criado—. ¿Hay algún otro mensaje que quieras compartir conmigo?

Y el anciano respondió:

—Recuerda que todo pasa, sólo tú permaneces. Permaneces para siempre como testigo. Todo pasa, pero tú permaneces. Tú eres la realidad. Todo lo demás es sólo un sueño, una ilusión, un momento instantáneo dentro de la eternidad. Hay sueños hermosos y hay pesadillas. Pero no importa si se trata de un sueño hermoso o de una pesadilla, lo realmente importante es quién ve el sueño. Esa visión es la única realidad.

XI
ENVIDIA

Es propio de un espíritu noble el hacer el bien
y no preocuparse por lo que se diga mal de uno mismo.

- Marco Aurelio

La brizna de hierba y la rosa

Una brizna de hierba estaba profundamente triste y esto no pasó desapercibido para la rosa que estaba justo al lado.

—¿Qué te pasa? —preguntó la rosa—. ¿Por qué se te caen así los tallos?

—Me siento fatal —respondió la brizna de hierba—. Todos me pisotean, sin embargo, a ti te admiran porque eres una rosa perfecta. Tu hermoso color rojo es el símbolo del romance y del amor. Ojalá pudiera ser como tú.

De repente, la rosa empezó a llorar.

—¡Oh!, querida brizna de hierba. No te imaginas cuánto te envidio. Soy hermosa, pero también distante. La gente me admira, pero cuando me tocan, les hago daño con mis espinas y me maldicen e insultan. Ojalá fuera como tú, tan suave y gentil. La gente, grande y pequeña, se quita los zapatos y los calcetines para tocarte. Veo cómo disfrutan el contacto contigo y noto sus sonrisas y su placer cada vez que lo hacen.

La brizna de hierba había escuchado atentamente a la rosa y se quedó pensativa. Nunca antes había contemplado su situación como para verla desde ese ángulo y se dio cuenta de que toda su atención se centraba en los inconvenientes.

La donación

Un hombre vio que el rabino Sussya era muy pobre y comenzó a darle diez shekels cada vez que iba a la casa de oración. Pasaron las semanas y el hombre se dio cuenta de que, entretanto, su riqueza incluso había aumentado. Así que empezó a hacerle más donaciones a Sussya y cuanto más donaba, más rico se volvía.

Un día, el hombre le oyó decir al rabino Sussya que él era discípulo de un gran asceta, entonces el hombre pensó que, si las donaciones al discípulo ya le habían traído mucha prosperidad, quizás las que le hiciera a su maestro podía traerle mucha más prosperidad. Así que fue a ver al asceta y, tras mucho rogarle, consiguió que aceptara un generoso donativo, pero contrariamente a lo que esperaba, la riqueza del donante empezó a disminuir.

El hombre se horrorizó y, desesperado, volvió a ver a Sussya.

—Cuando te daba dinero a ti, me volví próspero, y cuanto más te daba, más rico me volvía. Pero cuando le hice una gran donación a tu maestro, ocurrió lo contrario: mi riqueza se redujo. Mi donación a tu maestro, ¿no me debió haber generado mucha más riqueza?

—Mientras dabas y no mirabas a quién se lo dabas. —Empezó a explicar Sussya—, Dios también te daba y no miraba. Pero cuando empezaste a hacer cálculos y a buscar destinatarios elegidos para aumentar tu prosperidad, Dios hizo lo mismo.

Dos maestros ladrones

Un viajero decidió pasar la noche en una posada y cuando llegó, el posadero lo recibió en la puerta.

—Cuídate. —Le dijo el posadero—. Este pueblo está plagado de ladrones. Son tan astutos que pueden desnudar a un hombre sin que se dé cuenta.

—¡Ah!, yo no me preocupo por eso —respondió el viajero—. No soy tan fácil de robar.

Justo en ese momento, dos ladrones estaban detrás del muro y escucharon la conversación.

Para estar seguro, el viajero decidió dormir junto a su caballo para que no se lo robaran, pero los dos ladrones no iban tras su caballo, sino tras su ropa, y decidieron robársela incluso antes de que se durmiera, así que se acercaron a él en silencio.

—Escondamos el tesoro aquí. —Le susurró un ladrón a su compinche.

—¿Te has vuelto loco? —preguntó el otro ladrón—. ¿No te has fijado en ese hombre de ahí? Si escondemos nuestro tesoro aquí, al final, será él quien nos robará.

—Sí, claro que me fijé en él, pero está profundamente dormido.

—No, no está dormido.

Los ladrones discutieron brevemente hasta que el segundo cedió.

—De acuerdo, si crees que está dormido, lo desnudaremos. Y si realmente está profundamente dormido, esconderemos nuestro tesoro aquí.

Y dicho y hecho, le quitaron toda la ropa al viajero, incluso los calzoncillos, luego cavaron un hoyo, lo llenaron de excrementos y volvieron a cubrirlo con tierra. En cuanto los dos ladrones se perdieron de vista, el viajero, ahora desnudo, se levantó y empezó a cavar de nuevo en el hoyo. Al cabo de poco tiempo, cuando metió las manos desnudas en el estiércol, se dijo a sí mismo: «Sí, mi anfitrión tenía razón. Los ladrones de aquí son realmente listos».

La turista rica en la Taiga

Un hombre se ganó la confianza de una turista rica que viajaba sola por la Taiga. Cada mañana, después de levantarse, la turista contaba su dinero. El hombre, que siempre estaba cerca de ella y la vigilaba, ideó un plan para robarle.

Durante todo el día, la turista llevaba su cartera siempre consigo, pero en cuanto se durmió, el hombre buscó el dinero en sus maletas, buscó debajo de la cama, del colchón e incluso debajo de la almohada, sin embargo, no encontró el dinero.

A la mañana siguiente, la turista volvió a sentarse allí y contó su dinero. Esto se repitió día tras día hasta que el hombre, finalmente, se acercó a la mujer.

—Lo siento. —Comenzó cortésmente la conversación—. Todas las noches he intentado encontrar tu dinero para robártelo, pero no lo he conseguido. ¿Dónde lo escondes siempre?

La mujer se echó a reír y contestó:

—Supe tus intenciones desde el principio. Por eso siempre escondí mi dinero debajo de *tu* almohada por la noche. Nunca mirabas allí.

Las huellas dejadas

Un noble sabía que no estaría entre los vivos durante mucho más tiempo, pero tenía dos hijos y no estaba seguro de haberles enseñado todo lo importante sobre la vida.

Entonces les dijo:

—Ya soy un anciano, las huellas y señales que he dejado en esta vida pronto se desvanecerán. Quiero que se pongan en camino, deben dejar sus propias huellas y señales, así que vuelvan al cabo de un año y muéstrenmelas.

Los hijos recogieron sus cosas y emprendieron su largo viaje. El hijo mayor inmediatamente se puso a tallar señales en los árboles, erigir torres de piedra y a atar hierbas para marcar el camino, y trabajaba en ello desde la mañana hasta la noche. El hijo menor, en cambio, se centró en la gente. Iba a los pueblos, hablaba con mucha gente, los ayudaba y celebraba con ellos. Al hermano mayor no le gustó esto, al fin y al cabo, él trabajaba de la mañana a la noche, mientras que su hermano menor sólo se divertía.

Pasó un año y los dos hijos volvieron con su padre. Entonces los tres hombres fueron a ver las huellas dejadas por los dos hijos. Sin embargo, no quedaba mucho de las huellas y señales del hijo mayor, pues la lluvia y el viento habían hecho que las torres de piedra se derrumbaran y las hierbas que había atado se las había llevado el viento, incluso los árboles en los que había tallado algunos signos habían caído a causa de una tormenta. Pero a cualquier lugar al que iban en su viaje, niños y adultos se acercaban a jugar o a charlar con el hijo menor. La gente los invitaba a comer y a celebrar.

Tras su regreso, el noble se dirigió a sus hijos:

—Ambos han intentado cumplir la misión que les encomendé, establecer señales y dejar huellas. Hijo mayor, trabajaste duro y lograste mucho, pero tus señales no perduraron. Sin embargo, tú, hijo menor, has dejado señales y huellas en el corazón de la gente. Estas permanecerán durante mucho tiempo.

En el jardín del rey

Un rey tenía un hermoso jardín del que se sentía muy orgulloso. En él había muchos árboles, flores, arbustos diferentes y muchos ejemplares exóticos.

Un día, cuando el rey entró en su jardín, vio que las plantas se estaban marchitando. Entonces, se dirigió al abeto Douglas.

—Abeto Douglas, dime, ¿qué ha pasado aquí? —Le preguntó.

—Me estoy muriendo —respondió el abeto Douglas—, porque no puedo crecer tan alto como el abeto gigante.

El rey se volvió hacia el abeto gigante, que dejaba caer sus ramas porque no podía dar uvas como la vid. La vid, a su vez, estaba muriendo porque no podía florecer como las orquídeas. El rey les hizo la misma pregunta a otras flores y arbustos y siempre recibió respuestas similares.

Entonces, descubrió una flor de pensamiento en el jardín. Esta no estaba marchita como las otras flores, sino que, por el contrario, aún florecía y tenía vitalidad.

—Pensamiento, ¿por qué estás tan viva, a diferencia de las demás plantas de aquí? —Le preguntó el rey.

—Estaba claro que querías una flor de pensamiento cuando me plantaste —respondió la flor—. Así como querías un abeto de Douglas, un abeto gigante, una vid y una orquídea; los plantaste a todos ellos, y como me plantaste aquí, quise hacerlo lo mejor posible y cumplir tu deseo. Y, como de todos modos no puedo ser otra cosa, seguiré dando lo mejor de mí y siendo exactamente lo que soy.

Al rey le gustaron mucho estas palabras y se las transmitió a todas las plantas de su jardín.

XII
ILUMINACIÓN

Hay sufrimiento.
Hay una razón para sufrir.
Se puede poner fin al sufrimiento.
Hay medios para acabar con el sufrimiento.

- Las cuatro nobles verdades de Gautama el Buda

La vista del pozo

Un monje fue a un pozo a buscar agua para el día, entonces unos aldeanos lo vieron y le preguntaron:

—Dinos monje, ¿qué sentido le ves a tu vida de silencio y meditación?

El monje, que se disponía a sacar agua del pozo, les pidió a los visitantes que miraran dentro.

—¿Qué ven? —preguntó.

Los aldeanos miraron con curiosidad al profundo pozo y respondieron:

—No vemos nada.

Cuando el monje hubo llenado los cubos, les pidió a los aldeanos que volvieran a mirar en el pozo.

—Ahora miren de nuevo en el pozo, ¿qué ven?

Los aldeanos volvieron a mirar hacia abajo y dijeron:

—Nos vemos reflejados en el agua.

—Cuando saqué el agua antes, esta estaba inquieta —explicó el monje—. Ahora el agua está tranquila. Eso es lo que experimentamos en el silencio y la meditación: ¡Nos vemos a nosotros mismos! Ahora, esperen un poco.

Al cabo de unos minutos, el monje le pidió a los residentes que volvieran a mirar en el pozo.

—Ahora miren dentro del pozo, ¿qué ven?

—Ahora podemos ver incluso las piedras del fondo del pozo.

Entonces el monje les explicó:

—Esta es la experiencia del silencio y la meditación: si esperas lo suficiente, verás la razón de todas las cosas.

Milarepa

Milarepa es conocido, entre otras cosas, por presionar con la mano una roca del Himalaya para demostrarles a sus discípulos que la materia era una ilusión. La roca se ha conservado hasta nuestros días y es visitada regularmente por peregrinos.

Milarepa también llevaba mucho tiempo buscando la iluminación y, un día, se encontró con un anciano que caminaba lentamente por un sendero cargando un pesado saco sobre sus hombros. Intuitivamente, Milarepa supo que aquel hombre conocía el secreto que había estado buscando desesperadamente durante tantos años.

—Anciano. —Se dirigió a él Milarepa—. Dime: ¿qué es la iluminación?

El anciano sonrió y en silencio se quitó el pesado saco del hombro y lo depositó en el suelo.

—¡Sí, lo entiendo, gracias! —dijo Milarepa—. Pero ¿qué viene después de la iluminación?

Una vez más, el hombre sonrió, se agachó, se echó el pesado saco al hombro y siguió su camino.

Hakuin y los samuráis

Un samurái se acercó una vez al maestro zen Hakuin y le preguntó:

—¿Existen el cielo y el infierno? y si es así, ¿dónde puedo encontrar sus puertas de entrada?

Como guerrero, esperaba una respuesta clara e inequívoca, no un galimatías espiritual.

—¿Quién eres? —preguntó Hakuin.

—Soy un samurái —respondió, aunque debía ser obvio por su vestimenta. Como samurái, era valorado y respetado por todos y, como guerrero, no dudaba ni un segundo en sacrificar su vida por su señor.

Hakuin empezó a reírse de él.

—¿Tú, un samurái? ¡Pareces un mendigo!

El orgullo del samurái estaba herido, después de todo, era incluso un líder samurái. Entonces, impulsivamente, desenvainó su espada para matar a Hakuin en el acto.

—Esa es la puerta del infierno. Le respondió Hakuin inmediatamente—. Con tu espada, tu ira, tu ego, abres la puerta.

El samurái recobró el sentido, pues comprendió las palabras de inmediato y volvió a guardar su espada en la vaina.

Entonces Hakuin habló:

—Aquí se abre la puerta del cielo.

Un consejero del rey

Érase una vez un rey justo, pues el bienestar de sus súbditos era muy importante para él. Su confidente y consejero más cercano era un hombre sabio que ya había aconsejado al rey anterior y era ya muy anciano. Este le pidió al rey que buscara un sucesor para su puesto, de modo que pudiera formar al nuevo consejero mientras aún viviera.

Así que el rey hizo saber que buscaba un sucesor para su consejero más cercano y no tardaron en presentarse en el salón del trono todos aquellos que se distinguían por su elevada educación y profundos conocimientos, pero el rey no estaba del todo satisfecho con ninguno de los candidatos. Algo parecía faltar en todos ellos, aunque el rey no sabía exactamente qué era.

Se lo contó a su confidente más cercano que entonces tuvo una idea: el rey debía celebrar un proceso de selección. No sólo debían participar los sabios y eruditos, sino todo aquel que se sintiera llamado a hacerlo.

Las prisas eran grandes, al fin y al cabo, casi todo el mundo quería ocupar el puesto de consejero. A cada aspirante se le entregó un manojo con unas cien llaves. La tarea consistía en abrir una gran y pesada puerta al primer intento.

Participaron numerosos candidatos y uno tras otro fracasaron, así pasaron días y semanas, pero, de repente, un viajero se puso delante de la misteriosa puerta, examinó meticulosamente la cerradura y las numerosas llaves y sin siquiera introducir una llave en el ojo de la cerradura, agarró el picaporte, lo empujó hacia abajo y, con un poco de esfuerzo, abrió la enorme puerta.

Entonces el rey lo vio y dijo encantado:

—Te enfrentas a los retos sin dejarte engañar. No confías en lo que oyes, ¡sólo confías en tu mente y en tu intuición! De modo que, ¡serás mi nuevo consejero!

El regalo

Érase una vez un gran guerrero, conocido en todo el pueblo, que tenía muchos discípulos y, aunque era viejo, aún podía derrotar a cualquier contrincante.

Un día, un joven guerrero se acercó al viejo maestro, pues estaba decidido a derrotarlo. El joven era famoso por tener dos habilidades: era muy fuerte y poseía la extraordinaria capacidad de reconocer y explotar todas las debilidades de su oponente. Su estrategia siempre consistía en esperar el primer golpe de su oponente y luego golpearlo con una fuerza tremenda y a la velocidad del rayo. Así era cómo había ganado todos sus duelos hasta el momento.

El maestro aceptó el reto, aunque sus discípulos le desaconsejaron hacerlo, pues consideraban superior a su joven contrincante, pero el maestro no se dejó disuadir.

Los dos se enfrentaron dispuestos a luchar, entonces el joven guerrero empezó a insultar al maestro, le tiró tierra e incluso lo escupió en la cara. Eso duró horas, pero el maestro permaneció inmóvil y tranquilo, sin lanzar el primer puñetazo. Finalmente, el joven guerrero se agotó, se dio cuenta de que no podía provocar al maestro para que diera el primer golpe y aceptó su derrota.

Los discípulos observaron todo el tiempo; por un lado, estaban contentos de que su maestro hubiera ganado el duelo y, por otro, decepcionados de que no hubiera reprendido al retador. Entonces le preguntaron:

—Maestro, ¿cómo has permitido que te insultara de semejante manera?

Entonces el maestro replicó:

—Si alguien viene a ti para hacerte un regalo y tú no lo aceptas, ¿de quién es el regalo?

¿Quién es usted?

Una vez una mujer visitó a Ramana Maharshi y, en silencio, se sentó junto a él y meditó.

Pasó un rato antes de que Maharshi le preguntara:

—¿Quién eres?

—Soy la esposa del alcalde —respondió la mujer.

—No pregunté *de quién* eras esposa, pregunté quién eras tú.

—Soy madre de dos hijos.

—No te pregunté de quién eras madre. Te he preguntado quién eres.

—Soy cocinera.

Pero esta respuesta tampoco satisfizo a Maharshi.

—No he preguntado por tu profesión, sino quién eres.

Algo perpleja, respondió:

—Soy hindú.

—No te he preguntado por tu religión, sino quién eres.

Así siguieron más preguntas, pero ninguna satisfizo a Maharshi.

Confundida, la mujer se fue a casa y constantemente pensaba en la pregunta de Maharshi.

Un día, decidió encontrar la respuesta a esa pregunta y saber realmente quién era ella. Ese fue el comienzo de una larga búsqueda.

El sufrimiento del monje

Una vez un viejo monje acudió a un lama iluminado y le habló de sus intentos fallidos por alcanzar la iluminación.

—He visitado a muchos maestros espirituales en mi larga vida —dijo al lama—. Poco a poco, he ido reduciendo mis posesiones y he renunciado cada vez a más placeres, combatiendo así mis deseos. Ayuné mucho, dejé de beber alcohol, soy vegetariano desde hace mucho tiempo, no fumo e incluso renuncié al café y al té. Durante años me sometí al celibato y me castigaba a intervalos regulares. Hice todo lo que se me pidió. Renuncié a todo. Abandoné toda codicia, toda alegría, toda aspiración. Sufrí mucho, pero la iluminación no llegó. ¿Qué más puedo hacer?

Entonces el lama respondió:

—¡Renuncia al sufrimiento!

El diamante

Un derviche estaba de viaje, llegó a las afueras de un pueblo y se instaló bajo un árbol para pasar la noche. De repente, un aldeano vino corriendo hacia él.

—¡Ahí estás! —gritó emocionado el aldeano—. ¡Dame la piedra preciosa!

—¿Qué piedra? —preguntó sorprendido el derviche.

—Anoche tuve un sueño muy claro que recuerdo con exactitud. Soñé que esta noche, al anochecer, en las afueras del pueblo me encontraría con un hombre que me daría una valiosa piedra y con ella sería tan rico que nunca más tendría que trabajar por dinero.

El derviche se metió la mano en el bolsillo y sacó un diamante.

—¿Te refieres a esta piedra?

El aldeano apenas podía creer lo que veían sus ojos.

—¡Sí, exactamente! Es esa.

—Lo encontré bajo la raíz de un árbol que usé como almohada hace unos días. Toma, cógelo. —Y el derviche le entregó el diamante al aldeano.

Este apenas podía creer su suerte. El diamante era tan grande como su puño, probablemente era el más grande del mundo. Él tomó la piedra preciosa, le dio las gracias y salió corriendo.

Al día siguiente, el hombre vendió el diamante, compró un chalet, numerosos coches y mucho más. Sus posesiones se acumulaban y nunca se quedaba sin dinero, pero eso no lo hacía más feliz. Cuanto más poseía, más infeliz se sentía, era como si le faltara algo que el dinero no podía comprar. Entonces el aldeano decidió buscar al derviche para que lo ayudara.

Lo encontró en un pueblo cercano y le preguntó:

—¿Cómo puedo poseer la riqueza que te permitió darme el diamante tan a la ligera?

La montaña

Érase una vez un hombre que vivía cerca de una montaña y todos los días pensaba cómo sería escalarla. ¿Qué vería en la cima?

Entonces llegó el día en que decidió emprender el viaje, pero al pie de la montaña se encontró con un viajero.

—¿Cómo subiste a la montaña y qué viste desde allí arriba? —Le preguntó al viajero.

Este le contó cómo había escalado la montaña y lo que había visto desde allí arriba. El hombre pensó que el camino descrito sonaba bastante tedioso y decidió buscar un camino más fácil.

Siguió caminando al pie de la montaña hasta que se encontró con otro viajero.

—¿Cómo subiste a la montaña y qué viste desde allí arriba? —Le preguntó también a este viajero.

El viajero respondió sus preguntas, pero, una vez más, el hombre pensó que el camino descrito también era bastante arduo. Asé que decidió preguntar a otros viajeros cómo habían escalado la montaña y qué habían visto desde la cima. En total, entrevistó a veinte viajeros y cada uno tomó la ruta que más le convenía para subir a la montaña, pero todos tenían algo en común: el camino era bastante arduo.

Con todos los informes ahora el hombre sabía cómo se podía escalar la montaña y lo que vería desde la cima. Entonces decidió no escalarla y volvió a su casa.

Así que no intentó subir a la montaña y tampoco vio la vista desde la cima.

Muéstrame tu odio

Una vez, un discípulo se acercó al Maestro Zen Bankei y le dijo:

—Maestro, tengo mucho odio dentro de mí. Dime, ¿cómo puedo deshacerme de él?

—Muéstrame tu odio —exigió Bankei.

—No puedo mostrártelo, pues de momento no siento ningún odio.

—Entonces tráeme tu odio cuando lo tengas.

—Mi odio siempre llega de forma inesperada. La próxima vez que ocurra, probablemente estaré lejos de ti y no podré traértelo. Lo perdería de nuevo en el camino hacia ti.

—Si es así, el odio no tiene nada que ver con tu verdadera naturaleza —explicó Bankei—. Si sigues perdiéndolo con tanta facilidad, entonces no hay ningún problema en deshacerse de él. La próxima vez que aparezca el odio, ven hacia mí. Si lo pierdes en el camino, vuelve a ponerte en marcha en cuanto vuelva a brotar en ti. Inténtalo una y otra vez. Si pierdes el odio cada vez, habrás encontrado un medio eficaz de deshacerte de él. Puedes estar seguro de ello.

La sabiduría del universo

Hace mucho tiempo, los dioses pensaron que sería muy malo que los humanos, en su inmadurez, encontraran la sabiduría del universo. Entonces, acordaron esconderla en un lugar secreto. La gente sólo debía encontrar la sabiduría cuando hubiera madurado lo suficiente para ello.

Uno de los dioses sugirió esconderla en la montaña más alta de la Tierra, pero los dioses entendieron que la gente no tardaría en escalar todas las montañas y que la sabiduría no estaría lo bastante escondida en la cima.

Otro dios sugirió esconderla en lo más profundo del océano, pero, los dioses intuyeron que incluso allí existía el peligro de que la gente la encontrara demasiado pronto.

Entonces tomó la palabra el más sabio de todos los dioses.

—Sé lo que hay que hacer —dijo—. Esconderemos la sabiduría del universo en el propio hombre. Él la buscará allí sólo cuando sea lo suficientemente maduro. Para ello, el hombre debe recorrer un camino dentro de sí mismo.

Todos los dioses estuvieron de acuerdo en que esta era la mejor sugerencia, y así fue cómo sucedió que la sabiduría del universo está oculta dentro del hombre mismo.

XIII
AMOR

El hombre no ama
porque es su interés amar esto o aquello,
sino porque el amor es la esencia de su alma,
y no puede evitar amar.

- Lev Tolstói

Amor incondicional

Una mujer acudió a un cabalista y le dijo:

—He pensado en esto durante mucho tiempo y creo que el amor es siempre el mismo, ya sea humano o divino. ¿Es eso cierto?

—No —respondió el cabalista—, el amor humano y el divino son fundamentalmente diferentes. Cuando un hombre va a trabajar para ganar dinero para la familia, a cambio espera que su mujer lleve la casa y críe a los niños. Cuando un hombre ayuda a su amigo a mudarse de casa, espera que este también lo ayude en el futuro. Este tipo de amor siempre conlleva una expectativa. Es un dar y recibir. —El cabalista señaló con ambas manos a la mujer y luego a sí mismo mientras continuaba—. Yo te doy algo y espero que tú me des algo a cambio. En el amor divino, sin embargo, no existe tal expectativa. Me ayudas con alegría y por tu propia voluntad, sin esperar nada a cambio. La característica del amor divino es la entrega incondicional, el amor incondicional. Este amor sólo se despliega en el desinterés total.

La mujer perfecta

Hace mucho tiempo, un swami estaba sentado con sus discípulos en el templo.

—¿Por qué nunca te casaste? —preguntó uno de los estudiantes.

—No fue exactamente mi elección, una vez pensé en casarme, pero quería hacerlo con la mujer perfecta. Quería que fuera guapa, inteligente y virtuosa. Así que pasé muchos años buscando a esa mujer perfecta.

Los alumnos escucharon atentamente.

—¿Y la has encontrado? —preguntó finalmente uno de los alumnos.

—Sí, efectivamente la encontré —respondió el swami—. Era perfecta y me alegré mucho de haberla conocido por fin.

Entonces otro alumno preguntó lo que todos los demás tenían en la lengua:

—Entonces, ¿por qué no te casaste con ella?

—Quería casarme con ella, pero buscaba al hombre perfecto.

Cohesión amistosa

Buda les contó una vez a unos niños una historia de una de sus vidas anteriores. En aquella época, había sido un ciervo que vivía en el bosque y allí había un lago en el que le gustaba beber. En este lago vivía una tortuga, el hogar de una urraca era las ramas de un sauce que estaba justo al lado del lago y los tres animales eran muy buenos amigos.

Un día, un cazador se fijó en las huellas del ciervo y las siguió hasta el lago, allí colocó una trampa de cuerda y regresó a su cabaña en el borde del bosque. A última hora de la tarde, el ciervo se acercó al lago y la trampa se cerró de golpe. Este empezó a gritar con fuerza, así que la tortuga y la urraca corrieron inmediatamente hacia él y juntos pensaron cómo podrían salvar al ciervo.

—Querida tortuga, tus mandíbulas son muy fuertes —dijo la urraca—. Clávalas en estas cuerdas para cortarlas. Yo volaré hasta el cazador y ganaremos más tiempo.

Entonces, la urraca se fue volando, mientras la tortuga se puso a roer las cuerdas. Cuando la urraca llegó a la cabaña del cazador se posó en un árbol a esperarlo y cuando él abrió la puerta, la urraca voló con toda su fuerza hacia su cara. Entonces el cazador volvió tambaleándose a su cabaña, aturdido. Se tumbó en la cama para recuperarse y cuando recobró la compostura, tomó su cuchillo y salió por la puerta trasera, pero la astuta urraca había adivinado que haría eso y ya estaba esperando en la parte trasera de la cabaña, de modo que volvió a volar hacia la cara del cazador. Esta vez también le dio de lleno y el cazador huyó de vuelta a su cabaña para pensar. Pasaron unas horas y la siguiente vez que el cazador abrió la puerta, se cubrió la cara con un sombrero. Cuando la urraca se dio cuenta de que esta vez no podría atacar la cara del cazador, voló rápidamente de vuelta al bosque para avisarles a sus amigos.

Mientras tanto, la tortuga ya casi había roído la última cuerda, pero como había estado haciéndolo todo el tiempo, ya tenía la boca irritada y sangraba. Cuando el cazador apareció en el lago, el ciervo, asustado, dio un violento tirón, la cuerda se rompió y quedó libre, y rápidamente echó a correr hacia el bosque. La urraca, por su parte, voló hacia los pastos, pero la pobre tortuga estaba tan agotada por el esfuerzo que quedó completamente a merced del cazador.

Este se puso furioso cuando vio escapar al ciervo, entonces arrojó la tortuga a una bolsa de yute que colgó de una rama y, a continuación, salió a perseguir al ciervo. Pero este, que estaba escondido detrás de unos arbustos y vio la situación de la tortuga, pensó: *Mis amigos se han jugado la vida por mí. Ahora es el momento de hacer lo mismo por ellos.*

Entonces el ciervo salió de entre los arbustos para que el cazador pudiera verlo, pero al hacerlo, fingió tropezar, como si estuviera muy agotado, luego se dio la vuelta y se adentró lentamente en el bosque. El cazador pensó que al ciervo casi no le quedaban fuerzas y decidió matarlo con el cuchillo.

Lo persiguió adentrándose cada vez más en el bosque, sin embargo, el ciervo consiguió mantener al cazador a distancia y, de ese modo, lo llevó lejos del lago. De repente, el ciervo aceleró cada vez más rápido y el cazador no tardó en perderlo de vista.

Luego, tras cubrir las huellas de sus pezuñas, el ciervo corrió de vuelta al lago. Con su cornamenta levantó la bolsa de yute para que cayera la tortuga, la urraca también voló hacia ellos y se unió a sus amigos.

—Ustedes dos me han salvado hoy de una muerte segura —dijo el ciervo a sus amigos—. Sólo temo que el cazador vuelva pronto por aquí. Urraca, vuela a un lugar seguro en el bosque y tú, tortuga, métete en el agua y escóndete allí. Yo volveré corriendo al bosque.

Cuando el cazador regresó al lago, lo único que encontró allí fue su bolsa de yute vacía. Decepcionado, la recogió, aferró con fuerza su cuchillo y emprendió el camino de vuelta a su cabaña.

El secreto niño príncipe

Los habitantes de una ciudad eran pobres y estaban amargados e insatisfechos con su gobernante. El príncipe quería hacer algo al respecto y reunió a los habitantes en la plaza del mercado para anunciarles un mensaje importante. La multitud estaba curiosa y ansiosa por escuchar lo que su gobernante tenía que anunciar.

—Mis fieles habitantes. —Comenzó su discurso el gobernante—. En secreto he puesto a uno de mis hijos entre ustedes. Trátenlo bien, pues si me entero de que alguien lo hace sufrir o lo trata injustamente, les pediré cuentas.

Tras este discurso, el príncipe se retiró a su castillo. Los habitantes estaban disgustados y se preguntaban qué niño podía ser hijo del príncipe. Como no lo sabían, en adelante trataron a todos los niños como si cada uno de ellos fuera hijo del príncipe.

Así pasaron los años, los niños crecieron y tuvieron sus propios hijos. Entonces el príncipe, que entretanto había envejecido, observó el desarrollo de los acontecimientos con gran interés y satisfacción. La ciudad, antes pobre y destartalada, era ahora espléndida, limpia y conocida más allá de sus fronteras. Se construyeron guarderías, escuelas, hospitales, bibliotecas e incluso una universidad. Se crearon más puestos de trabajo y los habitantes se volvieron más ricos y educados.

¿Qué es el amor?

Una niña le preguntó a su padre si podía explicarle qué era exactamente el amor.

—No—respondió—, desde que tu madre y yo nos divorciamos, no sé exactamente lo que es el amor. —La voz del padre se tornó deprimida, pero continuó—: creía que entre tu madre y yo había verdadero amor, pero me equivoqué.

La niña se dirigió entonces a su madre y le hizo la misma pregunta, pero ella tampoco pudo responderla y se remitió a su exmarido.

A la mañana siguiente, la niña le preguntó a su maestra de guardería si sabía lo que era el amor.

—El amor es un don —respondió amablemente la institutriz—. Y espero que cuando crezcas lo conozcas.

Esta respuesta no satisfizo a la niña, y no quería esperar a que creciera. Entonces hizo otra pregunta—: ¿se puede comprar el amor?

—No, pero hay gente que cree que se puede.

En casa, la niña le preguntó a su tía si sabía lo que era el amor.

—Sí, yo lo sé —respondió la tía.

La niña aguzó el oído y se mostró ansiosa por escuchar la respuesta.

—Sólo puedes recibir amor si también das amor. Entonces tu corazón late salvajemente y se siente cálido.

Entonces la chica preguntó qué le pasa al corazón cuando se está solo.

—Bueno, que el corazón también se siente solo.

La respuesta entristeció a la muchacha y tampoco la satisfizo. Deseaba desesperadamente saber qué era el amor así que le preguntó a otras personas, pero nadie le dio una respuesta que la satisficiera.

Entonces, el fin de semana, la niña visitó a su abuela que llevaba muchos años felizmente casada. Pensó que ella sí debía saber lo que era el amor y le hizo la pregunta.

Su abuela sonrió, entró en casa sin contestar y volvió con un viejo cofre del tesoro.

—Mira dentro y encontrarás la respuesta a tu pregunta.

La niña, muy curiosa, abrió el cofre con cuidado y encontró un espejo en su interior.

—Mírate. —Le instó la abuela—. Tienes amor dentro de ti. Tu corazón brilla con los colores más bellos y siempre podrás amarte a ti misma, tal y como eres. —La abuela sonrió y continuó—: cuando te amas, irradias eso. Y con ese resplandor atraes a la gente que te querrá. Así que recuerda: siempre llevas el amor dentro de ti.

El brahmán y su sobrino

El sobrino de un brahmán había asumido el cargo de tesorero en una pequeña aldea, sin embargo, los aldeanos rechazaban el fastuoso estilo de vida del sobrino. Desde que había asumido el cargo de tesorero, gastaba demasiado dinero, incluso en asuntos privados. Los aldeanos, preocupados por el futuro de su pueblo, se pusieron en contacto con el brahmán y este accedió inmediatamente a visitar a su sobrino.

Cuando el brahmán llamó a su puerta, el tesorero se alegró de saludar a su tío, hacía años que no lo veía, así que lo invitó a pasar la noche con él. El brahmán pasó toda la noche meditando y, cuando estaba a punto de marcharse por la mañana, dijo:

—Parece que me estoy haciendo viejo, me tiemblan mucho las manos. ¿Podrías ayudarme a atarme las tiras de las sandalias?

El sobrino lo ayudó de buena gana.

—Te lo agradezco, —dijo el brahmán—. Verás, uno envejece y se debilita día a día. Cuídate mucho.

Entonces se despidió de su sobrino sin mencionar el verdadero motivo de su visita.

Pero desde aquel día, la fastuosa vida del sobrino llegó a su fin.

En el exilio

Una vez vivió un príncipe llamado Rahul y tenía un gran corazón. Siempre ayudaba a los pobres y necesitados y nunca dudaba en regalarles sus bienes. Su esposa, Esha, era tan caritativa como él. Sabía cuánto hacía feliz a su marido ayudar a los demás, por eso nunca se quejaba cuando él regalaba sus posesiones. Rahul y Esha tuvieron un hijo, Sunil, y una hija, Manju.

Durante una hambruna, el príncipe Rahul le pidió permiso a su padre para distribuir alimentos y ropa del almacén real entre los pobres y el rey accedió. Sin embargo, la hambruna duró mucho tiempo, por lo que las provisiones se fueron agotando con el tiempo. Esto preocupó a algunos de los ministros del rey, entonces hicieron planes para impedir que el príncipe repartiera más. En primer lugar, le dijeron al rey que las donaciones indiscriminadas del príncipe significarían la ruina del reino. Además, le dijeron que el príncipe había regalado incluso uno de los preciados elefantes reales.

La influencia de los ministros surtió efecto, de modo que, el rey se preocupó y fue persuadido para que desterrara a su único hijo a las lejanas montañas, allí experimentaría en carne propia las penurias de una vida sencilla. Así fue como Rahul, Esha y sus dos hijos fueron desterrados.

En su viaje, se encontraron con un pobre mendigo, entonces, sin dudarlo, el príncipe le regaló su costosa chaqueta. En su viaje conocieron a otras personas necesitadas y Esha regaló su capa real e incluso los niños donaron sus capas a los pobres. No tardaron en regalar todas sus posesiones y finalmente, el príncipe también regaló el carruaje y los caballos, así que continuaron su viaje a pie.

Sin ningún remordimiento caminaron hasta llegar a las montañas, caminaron sin preocupaciones y de buen humor.

Pero aún quedaba mucho camino por recorrer y los pies de Rahul y Esha, que llevaban a sus hijos en brazos, estaban hinchados y ensangrentados. Cuando por fin llegaron a las montañas, encontraron una cabaña abandonada que le había pertenecido a un ermitaño. La limpiaron e hicieron camas con pequeñas ramas y hojas. Vivían principalmente de las frutas que encontraban en el bosque así que los niños aprendieron a distinguir los alimentos venenosos de los comestibles, recogían frutas, lavaban la ropa en un manantial de la montaña y ayudaban en la jardinería. La pareja enseñaba a los niños, por lo que utilizaban hojas grandes para hacer papel y espinas grandes para lápices. Sacaron lo mejor de las difíciles circunstancias y estaban contentos.

Habían pasado dos años cuando un extraño secuestró a los niños mientras los padres recogían fruta en el bosque. El príncipe y su esposa buscaron durante días por el bosque y los pueblos de alrededor, pero su búsqueda fue en vano.

Cuando perdieron la esperanza de encontrar a los niños, regresaron a su cabaña, pues aún guardaban la esperanza de que ellos hubieran regresado por sus propios medios. Pero para su sorpresa, encontraron a un mensajero real esperándolos. Por él supieron que Sunil y Manju estaban sanos y salvos en el palacio del rey.

—Dime, ¿cómo volvieron nuestros hijos al palacio? —preguntó Rahul al mensajero.

—Hace unos días, una de las cocineras del rey vio a los niños en el mercado donde iban a ser vendidos —informó el mensajero—. Ella inmediatamente reconoció a sus hijos y corrió rápidamente a palacio para contarlo. Entonces, el rey hizo traer a palacio a los niños y al mercader. A pesar de sus ropas andrajosas y sus caras sucias, el rey reconoció inmediatamente a sus nietos, vio lo grandes que habían crecido en dos años y sintió cuánto los había echado de menos. El rey le preguntó al mercader de dónde había sacado a los niños y por cuánto los vendería y, antes de que el mercader pudiera responder, un ministro dijo que la niña costaría mil piezas de oro y el niño cien. Todos -incluidos el mercader y los niños- se quedaron muy sorprendidos ante estas palabras. El rey preguntó por qué la niña era mucho más cara que el niño y el ministro respondió que, obviamente, el rey valoraba más a las niñas que a los niños, nunca castigaba a la princesa ni la regañaba. También trataba siempre con amabilidad y respeto a las damas de compañía y a las criadas de palacio. Pero el rey sólo tenía un hijo, el heredero al trono, sin embargo, lo había exiliado, lejos de su hogar. —El mensajero hizo una pausa y bebió un sorbo de agua antes de continuar—. El rey comprendió y se conmovió hasta las lágrimas. Se enteró de que el mercader había comprado a tus hijos a otro hombre en las montañas y tu padre le pagó al comerciante e hizo detener al secuestrador. Por tus hijos, el rey supo cómo te había ido en las montañas y me ordenó que trajera a su hijo y a su nuera de vuelta a la capital.

Cuando el mensajero le contó todo a Rahul y a Esha, regresaron juntos a palacio. Y, a partir de entonces, el rey apreció a su hijo mucho más que antes y, además, apoyó generosamente sus esfuerzos por aliviar el sufrimiento de los pobres.

XIV
REALIDAD PERCIBIDA

Aunque miran,
no ven;
aunque oyen,
no escuchan ni entienden.

- Jesús

Conversación en el vientre materno

Una mujer llevaba gemelos en su vientre. La madre estaba ya en el último tercio del embarazo y en el vientre se produjo la siguiente conversación entre ellos.

—¿De verdad crees en la vida después del nacimiento? —Le preguntó el primer gemelo al segundo.

—Sí, creo en eso. Aquí es donde crecemos y nos preparamos para la vida después del nacimiento. ¿No lo crees?

—No, no creo en esos cuentos de hadas. ¿Cómo se supone que es la vida después del nacimiento?

—No lo sé exactamente —respondió el segundo—. Pero creo que será más luminoso que aquí. Y quizá caminemos con los brazos y las piernas, tomaremos aire por la nariz y comida por la boca.

—¡Qué tontería! ¿Para qué vamos a comer con la boca si tenemos el cordón umbilical como fuente de alimento? ¿Y cómo se supone que vamos a caminar? El espacio aquí ya es demasiado estrecho.

—Todo irá bien. Todo será un poco diferente.

—¿De dónde sacas ideas tan extrañas? —preguntó el primer gemelo—. Nadie ha vuelto después de nacer para demostrarlo. Con el nacimiento, se acaba nuestra existencia.

—Por supuesto que no conozco en detalle cómo es o será la vida después del nacimiento —admitió el segundo—, pero por fin podremos ver a nuestra madre y ella ya se ocupará de nosotros.

Esta afirmación enfadó al primer gemelo.

—¿Madre? No me digas que tú también crees en una madre. ¿Dónde se supone que está?

—¡Aquí! A nuestro alrededor. Vivimos en ella. Después de todo, no podemos existir sin ella.

El primer gemelo ya se estaba volviendo ligeramente agresivo.

—¡Y una mierda! —replicó—. Si hubiera una madre, probablemente me habría fijado en ella. Así que ella tampoco existe.

—Sí, tienes que prestar más atención. Cuando estamos callados, puedes oír su voz y sentir cómo acaricia nuestro mundo.

La alegoría de la caverna de Platón

La alegoría de la caverna de Platón es la más famosa de la filosofía antigua. La describió en el séptimo libro de su obra maestra *El Estado en forma* en un diálogo entre Sócrates y Glaucón.

Sócrates: Ahora, por la siguiente parábola, comprende la diferencia entre el estado de nuestra naturaleza cuando está en posesión de una educación plena y cuando no lo está. Imagina una vivienda subterránea, parecida a una cueva, con una larga entrada ascendente y con personas que han estado sentadas toda su vida de espaldas a la entrada, pues las piernas y el cuello están atados de modo que no pueden darse la vuelta. La luz procede de un fuego que arde muy por encima y detrás de ellos y hay un muro entre el fuego y los prisioneros.

Glaucón: Me lo imagino.

Sócrates: A lo largo de esta pared -así es como debes imaginártela ahora- unos titiriteros transportan toda clase de objetos que proyectan sombras sobre la pared delante de los prisioneros atados. Algunos de los portadores emiten sonidos, mientras que otros permanecen en silencio.

Glaucón: Es una extraña imagen y también son extraños los prisioneros de los que hablas.

Sócrates: Son como nosotros, pues, ¿crees que esa gente ha visto algo más que no sean las sombras que proyecta el fuego en el lado de la caverna que tienen enfrente?

Glaucón: ¿Cómo sería eso posible si tienen que mantener la cabeza inmóvil toda la vida?

Sócrates: ¿Y los objetos que llevan?

Glaucón: Los de ellos tampoco, sólo han visto sombras.

Sócrates: Si pudieran discutir entre ellos, ¿no crees que nombrarían las cosas correctamente?

Glaucón: Necesariamente.

Sócrates: ¿Y si la cueva también tuviera eco por el lado que da hacia ellos? Si uno de los titiriteros hiciera un sonido al pasar, ¿crees que entonces creerían que el sonido no procedía de la sombra que pasaba?

Glaucón: No, por Zeus, no lo creo.

Sócrates: Entonces tales personas afirmarían sin duda que la verdad no es más que la sombra de objetos artificiales.

Glaucón: Es lo más probable.

Sócrates: Considera ahora cómo sería su liberación y su sanación de la esclavitud y de su falta de entendimiento si tal cosa les sucediera. Supongamos que uno de estos prisioneros es liberado y de repente se ve obligado a levantarse. Ahora debe girar el cuello, mirar hacia la luz y caminar por sí mismo, con todo el dolor que tiene porque está cegado y no puede ver las cosas de cuyas sombras veía antes. Me pregunto qué diría si le dijeran que antes veía cosas estúpidas. Mientras que ahora ve correctamente porque está un poco más cerca de lo que es. ¿Y si alguien le mostrara cada uno de los objetos que los titiriteros antes pasaban por la pared y lo obligara a responder preguntas sobre ellos? ¿No crees que se quedaría desconcertado y no sabría lo que son? ¿Creería que lo que vio antes era más verdadero que lo que se le muestra ahora?

Glaucón: Sí, con diferencia.

Sócrates: Y si ahora se le obligara a dirigir su mirada a la luz misma, ¿le dolerían entonces los ojos? ¿Se volvería de nuevo hacia lo que conoce y puede reconocer? ¿Lo consideraría más seguro que lo que hay fuera de la caverna?

Glaucón: Sí.

Sócrates: ¿Y si alguien lo obligara a alejarse de la morada, por un áspero y escarpado sendero? Y si no lo dejan marchar hasta llevarlo a la luz del sol, ¿no se sentiría entonces angustiado y enojado por ser arrastrado así? Y si fuera llevado a la luz, ¿no quedaría cegado por todo el esplendor?, ¿por todo lo que ahora se le presenta como lo único verdadero? ¿Sería capaz siquiera de reconocerlo?

Glaucón: No, no lo haría, al menos no inmediatamente.

Sócrates: Entonces probablemente tendrá que acostumbrarse si quiere ver lo que hay allá arriba, más allá de su anterior morada. Al principio reconocerá más fácilmente las sombras, luego las imágenes de la gente, las otras cosas en el agua y más tarde las cosas mismas. Y, a partir de ahí, verá las cosas en el cielo y el cielo mismo. Y esto será más fácil de noche, a la luz de las estrellas y de la luna, que de día cuando mira el sol y la luz del sol.

Glaucón: Sí, por supuesto.

Sócrates: Entonces, probablemente podrá por fin reconocer el sol -no su reflejo en el agua, sino el sol mismo en su propia región- y ver cómo es.

Glaucón: Es necesario.

Sócrates: Y después de eso ya podría concluir que él es la fuente de las estaciones y de los años. Y que el administrador de todas las cosas en el lugar visible es, de alguna manera, la causa de todas aquellas cosas que él y sus compañeros vieron en la morada.

Glaucón: Evidentemente, llegaría a esta perspicacia en una secuencia muy gradual.

Sócrates: Y entonces, si recuerda su primer hogar y la sabiduría que allí había, y a sus compañeros de prisión de entonces, ¿no crees que se alegraría del cambio y se compadecería de los que quedaron en la caverna?

Glaucón: Ciertamente.

Sócrates: Ahora considera también esto: si tal hombre bajara de nuevo y se sentara en su antiguo lugar de la cueva y de repente le diera el sol, ¿no se le infectarían los ojos de oscuridad?

Glaucón: Mucho.

Sócrates: Y si tuviera que competir una vez más con estos eternamente atados, formarse un juicio sobre estas sombras mientras que su visión sigue nublada antes de que sus ojos se hayan recuperado. Si el tiempo que tarda en acostumbrarse a ellas no fuera corto en absoluto, entonces, ¿no se reirían de él y dirían que subió y volvió con los ojos estropeados y que ni siquiera merecía la pena subir? Y si los otros se apoderan del hombre que intentaba liberarlos, ¿no lo matarían?

Glaucón: De eso no hay duda.

Sócrates: Esta parábola, mi querido Glaucón, debes entenderla en su totalidad de la siguiente manera. Compara el mundo que se revela a través de nuestro sentido normal de la vista con la morada subterránea en forma de cueva. La luz del fuego que hay en ella con el poder del sol, mientras que el ascenso y la visión de lo que está arriba es la elevación del alma hasta el reino de lo que sólo puede ser pensado. Así te haces una idea real de mi percepción, ya que deseas oírla.

Alegoría de la caverna de Gregorio Magno

Hacia el año 600 d. C., Gregorio Magno escribió una breve alegoría de la cueva.

Una mujer embarazada es arrojada a una prisión y el recién nacido se cría en esa prisión. Cuando la madre le habla del sol, de la luna, de las estrellas, las montañas, los ríos, los pájaros que vuelan y los caballos que galopan, el niño se queda perplejo. Al haber crecido en la cárcel, el niño sólo conoce la oscuridad. Oye hablar de objetos, pero duda de la existencia de árboles, montañas y animales porque nunca ha conocido el mundo a través de su propia experiencia.

Lo mismo ocurre con los seres humanos. Como nacen ciegos y tienen que vivir en el mundo terrenal, dudan de la existencia de cosas superiores e invisibles.

La parábola de la realidad de Tolstói

Otra parábola de la realidad percibida fue descrita por Lev Nikoláievich Tolstói en su libro *El Reino de* Dios *está dentro de ti* escrito en 1894.

Un día de verano, un médico, especialista en enfermedades mentales, quiso salir del pabellón psiquiátrico y los residentes lo acompañaron hasta la puerta de la calle.

—¿Me acompañan a dar un paseo por la ciudad? —Le propuso el médico a sus pacientes.

Los residentes aceptaron y un pequeño grupo siguió al médico, pero cuanto más caminaban por la calle, donde la gente sana se movía libremente, más temerosos se volvían. Ellos se acercaban cada vez más al médico y le impedían caminar. Finalmente, todos le suplicaron que los llevara de vuelta al psiquiátrico, a su vida sombría, pero familiar. Con sus guardias, sus camisas de fuerza y sus celdas de aislamiento.

Templo de los mil espejos

Hace mucho tiempo, había un templo que consistía en una única gran sala con mil espejos. Estaba en lo alto de una montaña y su vista era impresionante.

Un día, un perro divisó el templo desde lejos y corrió hacia allí, y cuando entró, vio miles de perros. Se asustó y empezó a gruñir y a enseñar los dientes y, al mismo tiempo, los mil perros le gruñeron y le enseñaron los dientes. Lleno de miedo, el perro salió del templo y corrió para salvar su vida, pero desde entonces empezó a creer que el mundo entero estaba lleno de perros agresivos.

Poco después, otro perro entró en el templo de los mil espejos y cuando vio miles de perros, se alegró, empezó a mover la cola y a saltar de alegría. Los mil perros del templo hicieron lo mismo y, al cabo de un rato, salió del templo y se convenció de que el mundo estaba formado por perros amistosos y bien dispuestos hacia él.

Conversación de los sentidos

El ojo habló a los demás órganos de los sentidos:

—Allí veo una montaña, en su cima hay nieve blanca y brillante. ¿No es hermoso?

El oído escuchó y dijo:

—¿Dónde está la montaña? No oigo ninguna.

La mano tanteó a su alrededor y preguntó:

—No puedo tocarla; ¿dónde está la montaña que ves ahí?

La nariz declaró:

—No huelo nada. No hay montaña.

Y la lengua estuvo de acuerdo. Como no saboreaba montaña, no podía haber ninguna.

Incomprendido por los demás sentidos, el ojo se apartó de la montaña y miró por encima de la tierra. Mientras tanto, los demás sentidos discutían sobre el ojo y sus extrañas ideas sobre una montaña. Entonces llegaron a la conclusión de que podía haber algo raro en el ojo.

¿Cómo son los residentes?

Un hombre buscaba una nueva casa y se dirigió al magistrado.

—Estoy pensando en comprar una casa en este pueblo —explica el hombre—. Pero antes me gustaría saber cómo es la gente de aquí. Como magistrado, seguro que puede decirme algo sobre la gente de este pueblo.

Entonces el magistrado le hizo una pregunta al solicitante:

—¿Cómo es la gente de su pueblo actual?

—¡Oh!, ni siquiera preguntes. Son todos unos mentirosos y unos tramposos. Son gente muy antipática. Por eso quiero mudarme a otro pueblo.

—Aquí la gente es igual.

El hombre se despidió y continuó su búsqueda en otro pueblo.

Unas semanas más tarde, otro forastero llegó al pueblo y también se dirigió al magistrado.

—Estoy pensando en mudarme a este hermoso pueblo. —Comenzó a decir el hombre—. ¿Puede decirme algo sobre la gente que vive aquí?

De nuevo el magistrado le hizo una pregunta:

—¿Cómo es la gente de su pueblo actual?

—Me alegro de que preguntes. Son amables, serviciales y bondadosos. Todas son personas especialmente encantadoras a las que echaré mucho de menos.

—Así es la gente aquí en nuestro pueblo.

El ladrón de hachas

Un leñador salió a su jardín después del desayuno y se dio cuenta de que su hacha ya no estaba en su lugar habitual. Desesperado, buscó a su alrededor, pero no la encontró. Se enfadó mucho y sospechó que su vecino se la había robado.

Cuando el vecino pasó por delante de la casa del leñador, las sospechas de este se confirmaron: el vecino se comportaba como un ladrón de hachas, se movía como un ladrón de hachas y hablaba como un ladrón de hachas.

A última hora de la tarde, el leñador fue a su almacén de leña y encontró su hacha en el tocón del árbol donde siempre cortaba la leña. Simplemente, el día anterior se había olvidado de colocarla en su lugar habitual.

Al anochecer, cuando se sentó en su porche y observó a su vecino pasar, se dio cuenta de que su comportamiento no era el de un ladrón de hachas, su forma de andar no era la de un ladrón de hachas y sus palabras no sonaban como las de un ladrón de hachas.

¿Existe Dios?

Un hombre se acercó al Tathagata y le preguntó:

—¿Existe Dios?

—¡No, no existe! —respondió el Tathagata.

Unos días después vino otro hombre y le hizo la misma pregunta:

—¿Existe Dios?

—¡Sí, existe!—respondió esta vez el Tathagata.

Más tarde, llegó un tercer hombre y también le preguntó si existía Dios, entonces el Tathagata comenzó a meditar y el hombre siguió su ejemplo. Al cabo de unas horas, ambos abrieron de nuevo los ojos y el hombre tocó devotamente los pies del Tathagata.

—Muchas gracias por responder a mi pregunta —dijo.

Ananda, el siervo del Tathagata, estuvo presente todo el tiempo.

—Los tres hombres acudieron a ti con la misma pregunta. —Le dijo al Tathagata—. Al primero le respondiste que «no», al segundo que «sí» y al tercero no le dijiste nada, sino que meditaste. ¿Por qué les diste a estos hombres tres respuestas diferentes?

Entonces el Tathagata respondió:

—El primero creía firmemente en Dios, así que tuve que quitarle la ilusión. El segundo era ateo, así que también tuve que destruir esa ilusión. El tercero era un buscador que realmente tenía la pregunta en mente. Y a él también podía responderle de verdad.

Cinco asesores ciegos

En un reino vivían cinco consejeros del rey y, para su suerte, todos eran ciegos. El rey los envió a todos de viaje a África para averiguar qué era exactamente un elefante. Una vez allí, los consejeros ciegos fueron conducidos hasta un hermoso ejemplar, se colocaron alrededor del animal e intentaron hacerse una idea de lo que era un elefante palpándolo.

De vuelta al reino, juntos fueron a ver al rey. El primer consejero, que había permanecido junto a la cabeza del animal y había palpado su trompa, informó:

—Un elefante es como un brazo largo.

El segundo consejero, que había palpado la oreja del elefante, contradijo al primero diciendo:

—¡No, el elefante es como un gran abanico!

El tercer consejero dijo:

—¡En absoluto! Un elefante es como un grueso pilar.

Este había palpado una de las patas del elefante.

—¡Eso tampoco es cierto, parece una cuerdita con un mechón de pelo al final! —replicó el consejero que había agarrado la cola del elefante.

Por último, el quinto consejero informó a su rey:

—Pues yo digo que un elefante es como una masa enorme, con curvas y algunas cerdas.

Él había palpado el torso del animal.

Los cinco consejeros no se podían poner de acuerdo sobre lo que era realmente un elefante y se produjo una acalorada discusión. Temían la cólera del rey cuando, de repente, este habló sonriendo.

—Les doy las gracias porque ahora sé lo que es un elefante: es un animal con una trompa que es como un brazo largo, con orejas que son como abanicos, con patas que son como fuertes pilares, con una cola que es como una cuerdita con un mechón de pelo, y tiene un torso que es como una gran masa con curvas y algunas cerdas.

Los consejeros, avergonzados, agacharon la cabeza, pues se dieron cuenta de que cada uno de ellos había palpado sólo una parte del elefante y se habían conformado demasiado rápido con eso.

Buenas y malas personas

En la antigua India, un gurú tenía dos discípulos muy diferentes, uno se llamaban Amal y el otro Himal. Mientras Amal era siempre optimista, Himal era siempre pesimista.

Entonces, un día, el Gurú le dijo a Himal:

—Vete de viaje y encuentra a una buena persona. Cuando la hayas encontrado, tráela.

Himal empacó algunas cosas para el viaje y partió y al cabo de unos meses, por fin regresó a su gurú sin compañía.

—Mi Gurú, no pude encontrar ni una sola persona buena en todo el mundo —informó Himal—. En todas partes sólo veía gente mala.

El Gurú dijo entonces a Amal:

—Vete de viaje y encuentra a una mala persona. Cuando la hayas encontrado, tráela.

Amal empacó algunas cosas para el viaje y partió y, al cabo de unos meses, él también regresó con su gurú y como había hecho antes Himal, también vino sin compañía.

—Mi Gurú, no pude encontrar una sola persona mala. En todas partes sólo vi gente buena.

Aunque los dos estudiantes conocieron a las mismas personas en su largo viaje, sus declaraciones se contradecían.

Entonces el gurú los iluminó:

—Cada uno ve en el mundo el reflejo de lo que hay en su propia mente. Por eso a Amal le parece que el mundo está lleno de gente buena e Himal percibe que está lleno de gente mala. Según es tu mente, así es tu perspectiva.

XV
ESPERANZA

Nuestro miedo más profundo no es que seamos insuficientes, nuestro miedo más profundo es ser poderosos más allá de lo que se puede medir.

Es nuestra luz, no nuestra oscuridad, lo que más nos asusta. Nos preguntamos: ¿quién soy yo para creerme brillante, grande, talentoso, fantástico?

Pero ¿quién eres tú para no creerte así? Eres hijo de Dios. Mantenerte pequeño no le sirve al mundo.

No hay nada de sabio en empequeñecerse tanto para que los demás a tu alrededor no se sientan inseguros.

Todos estamos destinados a brillar, como lo hacen los niños. Hemos nacido para manifestar el resplandor de Dios que hay en nosotros.

Este resplandor no está sólo en algunos de nosotros, está en todos y cada uno de nosotros. Y cuando dejamos que nuestra luz brille, inconscientemente les damos permiso a otras personas para que hagan lo mismo.

Cuando nos hayamos liberado de nuestro miedo, nuestra presencia liberará a los demás sin nuestra intervención.

- Nelson Mandela

Perseverancia

Una mujer atravesaba una crisis de vida, pues la habían despedido y, además, se había divorciado recientemente y estaba gravemente enferma. Sin embargo, tenía grandes planes para el futuro, quería ser feliz, hacer nuevos amigos y conocidos y volver a valerse por sí misma económicamente. Entonces acudió a ver a un viejo sabio. Por algunos conocidos, la mujer supo que no era un charlatán y que ya había ayudado a mucha gente.

Cuando llegó hasta él, ella le describió la crisis por la estaba pasando.

—¿Puede darme una sola razón por la que debería seguir siendo optimista? —Le preguntó finalmente.

Al principio, el sabio guardó silencio, pero luego se levantó y se fue a su jardín, entonces la mujer lo siguió.

Él le contó una historia:

—¿Ves el arce y el árbol de campanillas? Sembré las semillas de ambos árboles en la tierra el mismo día. Los dos tuvieron las mismas condiciones desde el principio. Les proporcioné suficiente agua y luz y, al poco tiempo, el árbol de campanillas emergió del suelo y, al cabo de un año, ya había alcanzado una orgullosa altura de seis metros. Sin embargo, del arce no había ni rastro, pero no me rendí. El segundo año, el árbol de campanillas siguió creciendo, pero seguía sin haber rastro del arce, aun así, no me di por vencido y seguí cuidando el árbol y el lugar donde había plantado su semilla.

En los años siguientes, el resultado fue el mismo: mientras que el árbol de campanillas se desarrollaba magníficamente, no se veía ni un poco del arce, pero no perdí la esperanza y seguí cuidando de ambos árboles. Sólo al quinto año emergió del suelo un diminuto y discreto brote de arce, casi lo pasé por alto. Pero al cabo de un año había alcanzado un metro de altura. Así, pasaron cinco años hasta que el arce formó raíces lo suficientemente fuertes y logró empinarse sobre la superficie. Entre tanto, han pasado muchos años y, como puedes ver, el arce es ahora el doble de alto que el árbol de campanillas. Lo mismo ocurre cuando estás en tus momentos más bajos en los que parece que no haces progresos, en realidad, has echado raíces durante ese tiempo, igual que el arce. Ya llegará tu momento, no debes enterrar la cabeza en la arena. No te compares con los demás, porque todos tenemos nuestro destino individual, igual que el árbol de las campanillas tiene uno diferente al del arce. Aun así, crecerás.

La mujer lo había escuchado atentamente.

—¿Hasta qué altura debo crecer? —Le preguntó.

Entonces, antes de contestar su pregunta, él le hizo una en su lugar:

—¿A qué altura crece el arce?

—¿Tan alto como pueda llegar?

—Así es. Ten paciencia, aunque no te resulte fácil tu situación actual. Date el tiempo que necesites y crece todo lo que puedas, pues aún te esperan muchas cosas buenas.

La cabra en el pozo

En un pueblo, una cabra había caído en un pozo seco. El granjero se dio cuenta de ello por sus fuertes gritos e intentó sacarla ayudado de otros habitantes. Intentaron numerosos métodos de rescate, pero ninguno funcionó.

Entonces, los hombres decidieron dejar morir a la cabra en el pozo, este no se utilizaba desde hacía mucho tiempo y, de todos modos, iba a ser rellenado, así que los hombres echaron en este la grava y los escombros que había por allí para que la vieja cabra muriera más rápidamente y que quedara enterrada en el pozo de inmediato.

La cabra se dio cuenta del plan y gritó por su vida y, al cabo de un rato, se hizo un silencio sorprendente en el pozo. El granjero echó un vistazo para ver si la cabra ya había quedado tapada y se quedó atónito. La cabra no se había tapado en absoluto, por el contrario, ella se sacudía cada palada de grava y escombros y los pisoteaba haciendo que el suelo bajo sus patas se elevara cada vez más. Al ver esto, los aldeanos siguieron vertiendo diligentemente grava y escombros en el pozo hasta que la cabra salió de él por sus propios medios.

Una pesada carga

Una joven palmera crecía en un oasis y un hombre vicioso pasó por allí y descubrió el arbolito, entonces tomó una piedra pesada, la colocó sobre la palmera y riéndose maliciosamente volvió a salir del oasis. La pequeña palmera intentó en vano sacudirse la piedra, pero al cabo de un rato, se dio cuenta de que no podía sacudirse el peso extra y se concentró en sus raíces. Con ellas, penetró cada vez más profundamente en la tierra para conseguir un agarre más estable y poder levantar la carga adicional, lo consiguió tan bien que sus raíces se extendieron con fuerza y llegaron incluso a aguas subterráneas.

Así, a pesar del gran peso de la piedra, con los años, la pequeña palmera creció hasta convertirse en la más grande del oasis. Y cuando aquel hombre malvado llegó al oasis, luego de esos años, quedó impactado, pues esperaba ver palmera tullida o ya muerta. No podía creer lo que veían sus ojos al percatarse de lo grande y fuerte que se había vuelto la palmera, a pesar de tener esa piedra en su corona.

La corona de Adviento

Las cuatro velas de una corona de Adviento estaban encendidas y cuando no había nadie en la habitación, la primera vela suspiró:

—Yo represento la paz, pero como la gente no mantiene la paz, cada vez brillo menos —dijo, y una brisa la apagó pronto.

La segunda vela parpadeó y dijo:

—Yo represento la fe, pero mi llama también es cada vez más pequeña porque la gente no se interesa por el conocimiento superior.

Poco después, su llama también se apagó.

Entonces, la tercera vela tomó la palabra:

—Yo represento el amor, pero también estoy al límite de mis fuerzas, pues la gente se ha vuelto demasiado egoísta y descuida a sus semejantes.

Entonces la llama de la tercera vela también se apagó.

Poco después, una chica entró en el salón y se puso muy triste al ver que sólo quedaba una vela encendida, así que se puso a llorar.

—No estés triste. —Le dijo la cuarta vela—. Mientras yo arda, podremos volver a encender las demás velas. Yo represento la esperanza.

Contenta, la niña tomó la vela en la mano y encendió las otras tres velas con su llama, así toda la corona de Adviento volvió a iluminarse.

XVI
HÁBITO

Un hombre no puede pensar sino conforme a sus trillados surcos y a menos que tenga el valor de rellenarlos y abrir nuevos surcos, se verá obligado a recorrer los antiguos.

- Mahatma Koot' Hoomi Lal Singh

La rana en la olla

Un día, una mujer estaba sentada en su terraza a orillas de un pequeño estanque. Admiraba la naturaleza y disfrutaba del silencio, entonces vio una rana y la atrapó. Fue a la cocina, llenó una olla de agua y la calentó. Cuando el agua hirvió, quiso echarla viva, pero la rana dio un salto desesperado, salió de la olla y desapareció entre los arbustos.

Al día siguiente, la mujer volvió a disfrutar de la tarde en su porche después de haber hecho todas las tareas. Entonces cuando vio otra rana, volvió a agarrarla, la llevó a la cocina, llenó la olla de agua y se dispuso a cocerla. Cuando el agua aún estaba fría, puso a la rana dentro y, para su asombro, se dio cuenta de que la rana no intentaba escapar de la olla. El agua fue aumentando su temperatura hasta que finalmente se calentó y empezó a hervir, sin embargo, la rana permaneció en la olla todo el tiempo. Incluso cuando el agua se calentó peligrosamente, no hizo ningún intento por escapar de la situación que ponía en peligro su vida y, así, la rana murió en la olla.

Mientras la mujer comía, se preguntaba por qué la rana no había saltado para escapar del agua que estaba cada vez más caliente y salvarse.

El elefante en el circo

Un elefante nació en un circo e inmediatamente lo encadenaron a un árbol por la pata trasera. Sólo podía moverse alrededor del árbol en el radio que le permitía la cadena en su pata, este círculo definía su mundo. El elefante era aún demasiado débil para liberarse de las cadenas y cada intento -e hizo innumerables- terminaba de forma dolorosa e infructuosamente. Finalmente, el joven elefante aceptó su desesperada situación, comprendió que estaba bien en su limitado espacio, pues cada intento que hacía por salir estaba asociado al dolor.

Pasaron los años y al elefante ya no lo encadenaban al árbol. Se había hecho grande y fuerte y con su fuerza actual, podría haberse liberado de las cadenas, sin embargo, nunca abandonó su antigua área de movimiento y permaneció cerca del árbol.

El ciempiés

Un ciempiés pasó junto a una rana y esta observó las numerosas patas del ciempiés, entonces se preguntó cómo lo hacía. Para la rana, no era fácil caminar sobre sus cuatro patas.

—Es sorprendente cómo te mueves tan ágilmente con tus cien patas. —Le dijo al ciempiés—. ¿Cómo puedes saber cuándo poner qué pie y dónde en tan poco tiempo? Eso me abrumaría por completo.

—Llevo corriendo toda la vida, pero nunca me lo había planteado —respondió asombrado el ciempiés—. Ocurre automáticamente.

El ciempiés se puso a pensar en ello y ahora también le parecía increíblemente complejo. Por primera vez, se dio cuenta de lo complicado que era moverse con cien patas y, durante varios minutos, se quedó pensando en que pie debía mover primero, entonces, de repente, ya no pudo moverse.

Acerca de tradiciones

Una pareja de recién casados acababa de mudarse a su nueva casa y la esposa decidió guisar una pata de cordero para celebrarlo, así que, cortó la pata por la mitad y la puso en la cazuela. Su marido vio esto y le preguntó por qué no había puesto la pata entera en la cazuela.

—Así lo hacía siempre mi madre. —Le contestó.

En una siguiente ocasión, el hombre le preguntó a su suegra por qué había que cortar la pata por la mitad y recibió la misma respuesta:

—Mi madre siempre lo hacía así.

Ninguna de las dos respuestas le satisfizo, así que le preguntó a la abuela de su mujer por qué había que cortar la pata por la mitad.

—¡Oh!, hay una razón muy sencilla para ello. —Le contestó la abuela—. Mi cazuela era demasiado pequeña por aquel entonces y no cabía una pata entera, así que siempre tenía que cortarla por la mitad.

El hombre en la isla

Un hombre vivía solo en una isla muy pequeña y un día sintió que un terremoto sacudía el suelo. De pronto, vio cómo un trozo de costa se desprendía y se hundía en el océano, entonces se preguntó qué debía hacer, pero poco después, el terremoto cesó y decidió esperar a ver qué pasaba.

Unos días después, durante su paseo diario por la isla, se dio cuenta de que otro trozo de la isla se hundía en el océano y de nuevo se preguntó si debía hacer algo, pero decidió esperar a ver qué pasaba, al fin y al cabo, la mayor parte de la isla seguía allí y, afortunadamente, el terremoto no había afectado su casa.

Por la noche, estaba preparando la cena junto a la hoguera y oyó un fuerte ruido, fue a ver qué era y descubrió que, una vez más, parte de la isla se había hundido en el océano.

Al principio se sobresaltó y se preguntó si debía hacer algo, pero luego decidió volver a esperar. Así pasaron días y semanas hasta que finalmente toda la isla se hundió en el océano.

El hombre flotaba en alta mar, aferrado al tronco de un árbol, y justo antes de ahogarse pensó: *después de todo, tal vez sí debí haber hecho algo.*

XVII
EVOLUCIÓN HUMANA

Una piedra se convierte en una planta,
una planta en un animal,
un animal en un ser humano,
un ser humano en un espíritu,
y un espíritu en Dios.

- Axioma cabalístico

El hijo pródigo

Jesús habló una vez de un padre rico que tenía dos hijos y el hijo menor le pidió:

—Padre, por favor, dame la herencia que me corresponde.

El padre aceptó y le entregó sus posesiones. El hijo menor lo reunió todo y se trasladó a una ciudad lejana en la que sucumbió a muchas tentaciones, así que, pronto dilapidó toda su herencia.

Entonces, sobrevino una gran hambruna en la ciudad y, sin medios económicos, el hijo empezó a pasar hambre y decidió trabajar para ganarse la vida. Empezó a trabajar como jornalero para uno de los habitantes de la ciudad y cuidaba de sus cerdas. Tanta era su necesidad que incluso quería comer las vainas que comían las cerdas, pero nadie se las daba. Entonces cayó en cuenta y pensó: *Mi padre tiene muchos jornaleros que tienen pan en abundancia, mientras que yo me estoy consumiendo y muriendo de hambre aquí. Volveré con mi padre y le confesaré que he pecado y malgastado mi herencia.* Al darse cuenta de lo virtuoso que era su padre, decidió que ya no era digno de ser hijo, así que quería ser igual a los demás y a su regreso trabajar como jornalero.

Cuando se acercaba a su ciudad natal, su padre lo vio y corrió hacia su hijo, lo abrazó y lo besó.

—Padre, he pecado y he dilapidado mi herencia —dijo el hijo, visiblemente asombrado por la acogida de su padre—. Ya no soy digno de ser tu hijo y quiero trabajar para ti como jornalero.

—Rápido, traigan la mejor ropa y los mejores zapatos para mi hijo perdido, y que, a partir de ahora, se vista de esa manera —ordenó el padre a sus sirvientes—. Mi hijo estaba muerto y ha vuelto a la vida; estaba perdido y ha sido encontrado. Hoy celebraremos el regreso de mi hijo y para ello quiero que maten al ternero cebado.

Cuando el hijo mayor volvió a casa después de su trabajo en el campo, oyó la celebración.

—¿Qué está pasando aquí? —Le preguntó el hijo mayor a uno de los criados—. ¿Por qué canta y baila la gente?

—Tu hermano ha vuelto a casa —respondió el criado—. Tu padre hizo sacrificar el ternero en su honor y ordenó hacer una celebración.

El hijo mayor se enfadó y no quiso participar en la celebración y cuando su padre se dio cuenta, salió a hablar con él.

—Padre, he trabajado fielmente aquí contigo durante tantos años y no he violado ninguno de tus mandamientos —dijo el hijo mayor—. Y nunca has sacrificado un ternero ni me has hecho una fiesta así, sin embargo, sacrificaste el ternero cebado por tu hijo menor que despilfarró tus bienes en prostitutas.

—Hijo mío, siempre has estado conmigo. Todo lo mío es tuyo. No debes enfadarte con tu hermano, sino alegrarte: porque tu hermano estaba muerto y ha vuelto a la vida, estaba perdido y ha sido encontrado.

Insaciable

Un hombre estaba sentado solo en el bosque y parecía tan triste que todos los animales se apiadaron de él. Entonces se reunieron a su alrededor y le dijeron:

—Estás muy triste. Puedes pedirnos cualquier cosa que te haga sentir mejor.

—Quiero tener buenos ojos —respondió el hombre.

—Tendrás mis ojos. —Decidió el águila.

—Quiero ser fuerte. —Siguió exigiendo el hombre, entonces el oso respondió:

—Quiero que seas tan fuerte como yo.

—Además, quiero conocer los secretos de la naturaleza —dijo finalmente el hombre.

—Yo te los enseñaré —proclamó la serpiente.

Así, todos los animales ayudaron al hombre y cuando hubo adquirido todo lo que los animales podían darle, el hombre abandonó el bosque.

—Ahora el hombre puede y sabe todo lo que nosotros podemos y sabemos. —Le dijo el zorro a los demás animales—. Eso de repente me asusta.

—Sí, pero ya no está tan triste —dijo el conejo—. Lo hemos ayudado.

—No, vi un gran vacío en ese ser humano —respondió el zorro—. Era tan grande que no podía saciarse, por eso estaba triste y seguirá estándolo. Quiere más y más, y llegará el momento en el que un día no quede nada más que pueda tomar.

Clavos en la valla

Un niño pequeño siempre se enfadaba con facilidad y estallaba, así que sus padres pensaron qué podían hacer al respecto. De pronto, el padre tuvo una idea: le dio a su hijo un martillo y una caja llena de clavos y cada vez que fuera a estallar, debía clavar un clavo en la valla del jardín en lugar de descargar su ira contra otras personas u objetos.

El chico siguió las instrucciones de su padre y sólo el primer día clavó veinte clavos en la valla. Pasaron los días y el clavaba más clavos en la valla, tanto que los clavos de la caja eran cada vez menos. Entonces, el niño comprendió que era más fácil no enfadarse y enloquecer que clavar clavos en la valla.

Llegó un día en que el niño dejó de enfadarse en absoluto y, lleno de orgullo, se lo contó a su padre. Este, visiblemente satisfecho por los progresos de su hijo, le dio un sacaclavos, y ahora le indicó que sacara un clavo de la valla por cada día que dejara de enfadarse. Pasaron días, semanas y meses y cada día el niño sacaba un clavo hasta que, por fin, los quitó todos. Entonces el padre se acercó a la valla con su hijo.

—Lo has hecho bien, hijo mío —dijo el padre—. Estoy orgulloso de ti. Pero ¿ves todos los agujeros en la valla?, esta ya no es lo que era. Recuerda esto siempre que hagas o digas algo con ira. Tus palabras pueden dejar una cicatriz en los demás, igual que los clavos dejaron agujeros en la valla. Aunque después te disculpes y sientas remordimientos, la herida seguirá ahí.

La pequeña ola

Una pequeña ola rebotaba en el mar, pasándosela en grande. Disfrutaba del buen tiempo, de los peces, los pájaros y del aire fresco, pero, de repente, se fijó en las otras olas que tenía delante. Las vio chocar contra la orilla y se asustó.

—¡Oh, no, eso es terrible! —gritó—, y está a punto de pasarme a mí.

Entonces, una ola más grande se le acercó por detrás.

—¿Por qué pareces tan asustada? —Le preguntó la ola más grande.

—¿No ves lo que nos va a pasar? Estamos a punto de estrellarnos en la orilla.

—No tengas miedo. Todas las olas surgen y se disipan periódicamente. ¿Aún no sabes que no eres sólo una ola, sino una parte del océano?

En tránsito

Un turista partió hacia el lejano Himalaya y tras un largo y agotador viaje, pasó por una cueva donde se alojaba una yoguini. Asombrado, descubrió que la mujer no llevaba consigo más nada que su túnica y un cuenco de mendigo.

—¿Vives aquí? —Le preguntó.

Cuando la yoguini respondió afirmativamente, el turista hizo la siguiente pregunta:

—Pero ¿por qué tienes tan pocos objetos?

—¿Por qué llevas tan pocos objetos contigo? —Le preguntó a su vez la yoguini.

—Bueno, sólo estoy de paso.

Entonces la yoguini sonrió y dijo:

—Yo también.

Dos lobos

Un viejo jefe cheroqui y su hijo estaban sentados alrededor de la hoguera. En silencio, ambos contemplaban las llamas hasta que el jefe habló.

—Sabes, hijo mío. —Empezó—. Cada uno de nosotros, los humanos, llevamos dos lobos en el corazón, y entre ellos hay una batalla incesante.

Ambos volvieron a mirar en silencio a las llamas hasta que el jefe continuó hablando.

—Es así: uno de los lobos es negro y encarna los lados oscuros de la vida: el egoísmo, la envidia, el odio, las mentiras, la enfermedad y el dolor. El otro lobo es blanco y representa todo lo bueno de la vida: el altruismo, el amor, la paz, la gratitud, la salud y la honestidad. Esta batalla entre los dos lobos está librándose desde que existen los humanos.

El jefe dejó de hablar, su hijo miró hacia la hoguera y pensó en esas palabras.

—¿Qué lobo gana? —preguntó al cabo de un rato—. ¿El lobo negro o el lobo blanco?

—El que alimentas —respondió su padre.

Made in the USA
Columbia, SC
27 June 2024

896a7120-9288-46e6-b289-27ad1d0ee323R01